都市少女的
海岸歷險記

目錄

人物介紹

楊育典

膚色蒼白，體能虛弱的十四歲少女，被迫轉學到三歲前居住的東南部小鄉村，再次與外公外婆同住。夢想考上第一志願高中，獲得母親讚美。個性實際，凡事喜歡以”有無效率”衡量。

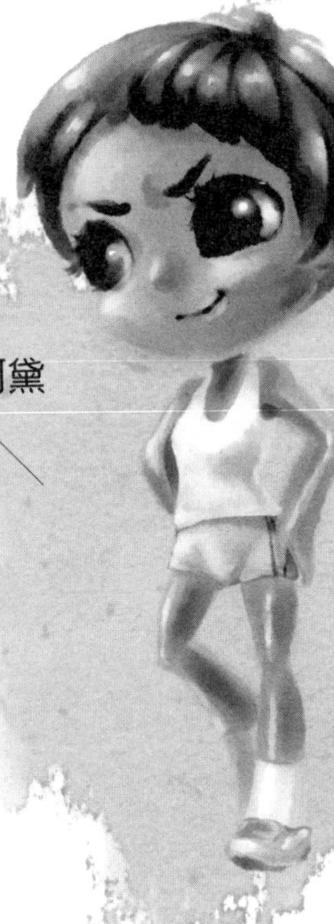

阿黛

身形黝黑健美，個性開朗的１４歲少女，三歲時才和父母搬回家鄉定居，熱衷推廣環保講座，夢想是成為運動員和保護海岸。

梅子

育典的外婆，行動不便，個性樂觀，與桃子從小相識，堅持不同意參與開發案。

李子

育典的外公，有片小田地過著自給自足的生活，重聽，性格保守，重視祭海和謝天的傳統儀式，與同是工作狂的時髦兒女處不來。

人物介紹

桃子

阿黛的奶奶，通稱桃奶奶，親切溫柔的老人，身體虛弱，視力退化，天黑後得依靠梅子和孫女代替視力。

村長

五十歲的歐吉桑，代表村民發言，對村子錯過四年前的開發案懊悔不已，急切希望開發案通過，視李子為眼中釘。

一 被遺忘的約定

育典舉手一揮，用力將書包甩到鐵製的冰冷椅子上，接著毫不留情的發出「碰碰」的噪音，並迅速從書包中拿出一本又一本厚重的講義摔到同樣鐵製的狹長桌上。

「吃錯藥啦？」補習班座位在育典隔壁的妮娜斜眼看著她，不耐煩地問道。

「哼！只是吃錯藥就好了！」育典雙手抱胸，憤恨地回著。

妮娜不想理她，將注意力轉回到攤開的參考書上，飛快地計算著上面的數學習題。

育典正準備張口一吐為快時，一個穿著不同校服的女孩飛奔進教室，快速擠進兩人中間的空位。

「哇！趕上了！趕上了！」寶寶累癱似的趴在桌上，喘著氣說。

「我……」育典試著繼續被打斷的抱怨。

「噓！」妮娜眼尖的看見西裝筆挺的帥氣老師走進教室，趕緊用眼神示意朋友安靜。

眼見那位風靡台下無數學生的補教名師已經站上了講台，並開始當晚的考前總複習，育典只好按捺住想發牢騷的心情，將注意力硬是轉回到眼前的數學公式上。

慘白的日光燈下，數百名來自不同學校的國二學生，正奮力為明年的升高中考試做第一次總複習。

講台上，補教名師使出渾身解數，伴隨著迷人微笑與自信儀態，將數學公式填鴨般填進年輕的腦袋，讓他們誤以為度過了充實的夜晚，忘了自我和年輕時光的寶貴，只為分數與名利而活。

「你們要好好保握時間，不要做無謂的事，最好的讀書方式就是採取符合經濟效益的讀書方法……」

補習名師努力傳授高效能的解題訣竅。

好不容易捱到了晚上的九點半，在育典已經覺得自己的腦袋快因過多的數學公式而爆裂前，名師總算放下粉筆，停止轟炸振筆疾書的學子，讓他們有機會喘口氣。

育典補習的地方，就在車站前的補習名街上。即使已將近午夜，街上仍舊燈火通明，剛從補習班下課，穿著不同校服的年輕學生塞滿整條街道，正向不同的公車站牌或捷運站疏散。

育典和她的兩個補習死黨也在人潮中。

穿著不同國中校服的她們，因為兩年來都是坐在同一個位子，因此反而成為了朋友。

但是因為她們的目標都是第一志願，所以既是敵人也是戰友。

「妳們都知道，我媽是個工作狂，對吧？」

妮娜和寶寶互看了一眼，難得可以放鬆一下，她們猶豫著要不要把重要的休息時間花在育典的抱怨上。

「知道啊！而且她對妳的要求很高，如果妳沒有考進前三名，她就會抓狂！」寶寶還算體貼的回應到。

「對……她最近被公司外派到大陸，而且馬上就要上任。」

「所以妳要轉學到大陸啦？」妮娜事不關己的問，甚至還有點高興，反正少個人競爭，她就多一份上榜的機會。

「對，可是不是……」

「那很好啊！我聽說大陸有些學校還更嚴格，我看，說不定等妳回來的時候，已經被訓練到題目連看到不用看，就可以寫出答案了呢！」妮娜酸溜溜的說。

「我們現在這樣還不算訓練嚴格啊？」寶寶哀怨的說：「一週補習五天，聽說放完暑假，升上三年級後，連假日都要拿來補課，光想到我都要吐了。」

「那妳快點吐死，最好在考試當天吐，這樣我就少一個對手了！」

「妳很壞耶！」

「不是大陸……」

「什麼？」

「我媽不打算帶我去……所以我要轉學到東南部，我媽的老家……」

「東南部？」

「天啊！是傳說中的偏鄉地帶嗎？」妮娜誇張的說。

「我聽說他們的廁所都蓋在房子外面，而且房子都是用茅草蓋的！」

「欸！我聽說鄉下的學生都是不良少年，還會霸凌同學咧！」妮娜幸災樂禍的說。

「對啊！我知道妳說的，網路上的霸凌影片就是在南部的國中拍的，有夠誇張！還好不是我要轉學。」寶寶摸著胸口，也心有餘悸的說到。

「而且根本沒有人想念書，轉過去一定可以簡單考第一！」

兩個女孩興奮的討論著，完全不管一旁臉色越來越難看的育典。

和她的朋友一樣，育典也是個標準的都市人，從出生到現在，幾乎沒有離開過北部，即使離開，也是出國旅遊，怎麼可能會去比捷運終點站還要遠的地方？

對她們來說，鄰近的南邊縣市聽起來已經是另一個國度了，更何況是好幾個縣市之外的東南部？

「欸！那我該怎麼辦？」育典不安的問。

「當然是自求多福啦！」

「妳媽有說什麼時候會回來嗎？」

「明年……」

「那我們就祈禱妳明年還可以全身而退囉！」

兩個女孩天真的笑著，育典只好露出自認倒楣的表情。

告別朋友，育典像往常般熟練的搭完捷運轉搭公車，再步行一段路後，回到與媽媽同住的公寓。

雖然已是晚上十點多，但媽媽還在加班，因為她是跨國企業的業務主管。只有大案子結束的當天，媽媽才有可能早點回家休息，所以母女兩人很少見面。

每天都會有清潔公司的人來打掃，所以育典從來沒做過家事。

她獨自一人回到房間，熟練地打開電腦，登入數學聊天室，妮娜和寶寶已經在線上了。

她們兩人都住在捷運站附近，家人都是公務員，每年都會固定和家人出國玩，不過等升上三年級，估計也會減少出國的次數吧！

「育上線。」

育典盯著螢幕上的數學討論串，隱約有種頭暈的感覺。

牆上貼著車票和轉學通知，還有一張泛黃的相片。

那張相片是一張僅存的全家福，也是她的寶貝。

那是爸媽離婚前拍的，年輕的爸爸和媽媽，還有……奇怪，她一點都想不起來他們是在哪邊的沙灘拍的照了？只記得那天玩得很高興，有好朋友陪在她身邊，有爸爸媽媽，還有守護者……她對自己腦袋中突然冒出的陌生名詞感到錯愕。

守護者？

螢幕上熱烈的數學討論持續著。

育典心想，自己得要想個法子才行，即使身處絕境也不可坐以待斃，如果在媽媽回家前，她還沒有爭取到推薦第一志願的資格，媽媽一定會很失望，說不定從此不會再理她了。

因此她絕對不可以離開北部，中斷考前衝刺班的課程，否則以她目前的程度，一定沒辦法考好。她腦中浮現寶寶和妮娜穿著象徵第一學府的深色制服，滿臉同情望著她的表情。

育典突然感到驚恐不已，即使知道不能隨便打電話給媽媽，但她還是忍不住拿起話筒，撥了母親的手機號碼。

電話被接起，育典開口呼喊著：「媽！我……」

媽媽的聲音從擴音器中傳來，迴盪在空曠的屋內。

「我現在還在開會，妳寫 mail 給我，晚點我再回妳信。乖！功課做完就去睡覺，要記住……」

「第一志願是通往人人稱羨的幸福人生門票。」

「真不愧是我的乖女兒，別忘了把書讀好才有幸福的人生喔！我現在要去賺妳的大學留學費啦！先這樣，再見。」

電話「嗶」的一聲，就斷線了。

育典像具蠟像般呆坐在電腦桌前，冰冷的電腦螢幕散發著藍光，和她空洞的瞳孔相互輝映著。

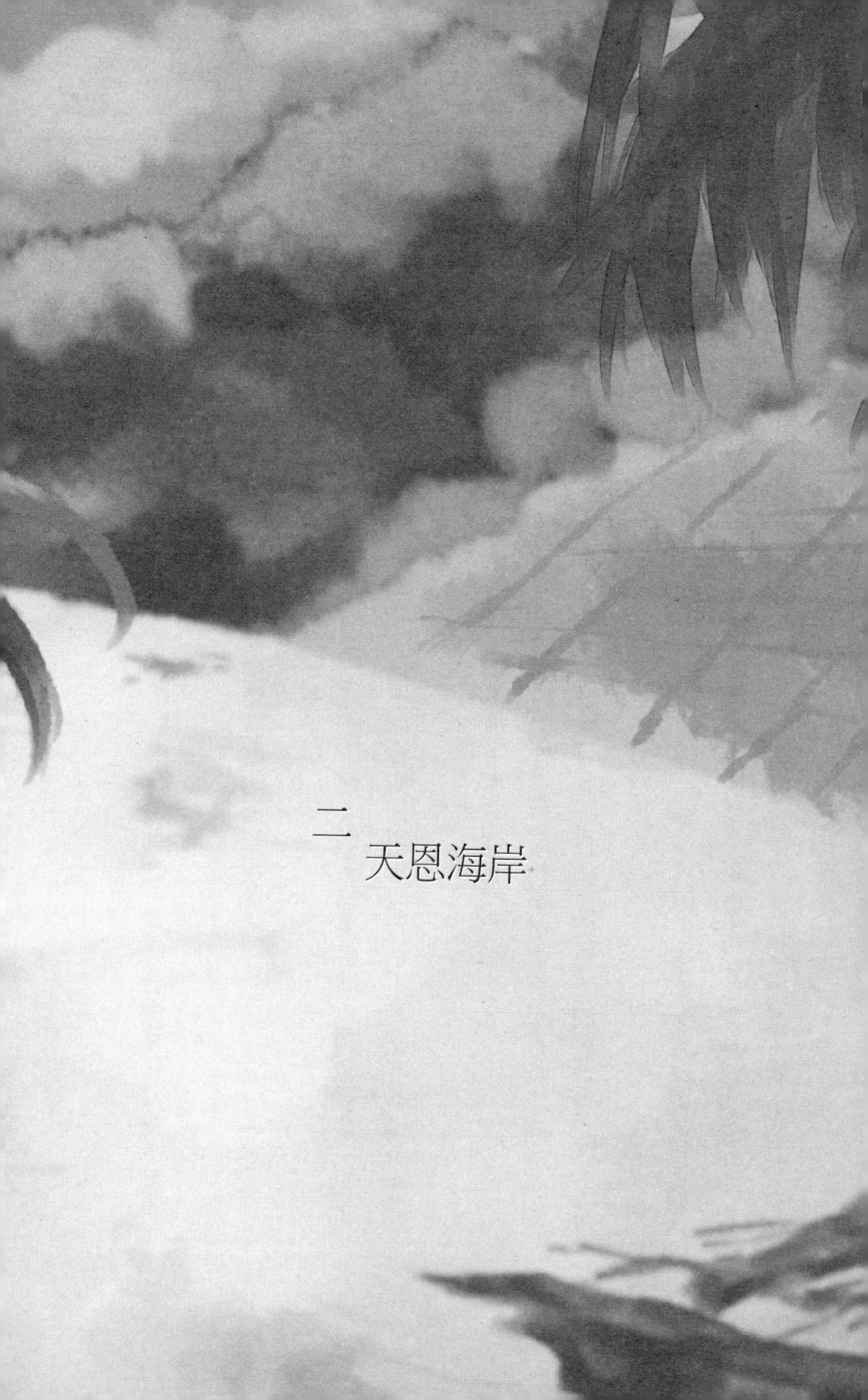

二 天恩海岸

「唉……」

穿著清涼的背心和短褲，坐在移動中的火車上，育典的手臂在日光下顯得特別蒼白。

她一臉無奈的托著腮，望著窗外湛藍的海岸嘆氣。

她還是沒能留在北部。

這五個小時以來，她不知道已經嘆了幾次氣。如果每嘆一口氣就少一點壽命，此刻的她已經變成老婆婆了吧！但育典知道，自己的心境恐怕比真正的老婆婆要來的蒼老。

雖說她決定要想辦法！要積極上進！要堅強奮鬥！要……

但育典發現自己唯一可以做到的，就是把所有參考書打包進行李箱裡，順便跟補習班預購未來一年份的複習講義，讓他們郵寄到偏遠的鬼地方——守護村。

媽媽早在她放暑假前就搭機前往大陸，還保證明年會帶北京烤鴨的吊飾回來給她，媽媽還沒注意到，她已經滿十四歲了，早就不稀罕那種小東西了，要帶就帶蒂芬妮的項鍊回來啊！但這話育典只敢在心裡說，她還沒有大膽到敢反駁媽媽。

育典與媽媽的相處有固定模式，通常是媽媽自顧自的宣布她決定好的事，育典只要點頭、點頭、再點頭就好了，決不可搖頭或頂嘴，當然更不能插話，這些都會被認為是叛逆的行為。

如果媽媽心情不好，就會開啟說教模式，說自己獨自撫養育典有多辛苦，結果育典卻還不知感恩，育典出去一定會丟人現眼，讓人嘲笑她不會管教女兒……之類的。

「唉！連續劇看太多了吧！」

這是育典和兩個戰友討論過後下的結論。

妮娜的媽媽是家庭主婦，罵起人來也差不多是類似的台詞。寶寶的媽媽是國中老師，說起教來也差不多，這如果不是因為看了同樣火紅的連續劇，不然完全不同的家庭怎麼會說出差不多的話？

即使如此，育典還是想討好媽媽，畢竟她說的都對，獨自扶養女兒，女兒卻不知好歹，一再花媽媽努力賺的錢補習，她唯一能做的，就是拿到好成績……。

可是如果沒有補習名師的加持，她根本不確定自己能否抓到考試重點啊！

「唉……」

第一百零九次嘆氣。

育典改望著遙遠的青山，再說什麼都來不及了，她離文明世界已經越來越遠了。

火車穿過山洞，印入眼簾的是一望無際、連綿不絕的山與海，換作是下鄉度假的都市人，一定會覺得風景美不勝收吧！

諷刺的是，在都市生活了十幾年，育典這個標準的都市小孩一點都感受不到大自然的美，她只覺得宛如進入了無人之境般，既荒涼又淒慘。

就在哀怨的當下，火車準時到了站。

雖然有心理準備，但當她踏出破爛的老車站，發現連個連剪票口都沒有時，育典還是嚇了一跳。

這邊與其說是車站，其實只是個掛有車站站牌的馬路邊，連車站前方該有的小廣場都沒有。

如果沒有站牌，這裡說不定會被認為是某個被遺棄的老月台，火車竟然還會靠站，讓她驚訝呢！

育典不死心的環顧四周，沒有驗票員、沒有其他乘客、沒有掛著顯眼黃色招牌的速食店，也沒有知名的咖啡星球，只有與當地格格不入的瘦弱女孩，孤伶伶的拉著行李箱，像個傻瓜般呆站在炙熱的太陽下。

「手機……」

啊！沒有手機，育典猛然想起，停下了掏口袋的動作。

她差點忘了，媽媽出發前，因為打包太過忙碌，忘了幫她續約門號，所以在回北部前，她暫時沒有手機可用。

望了望車站前空曠的柏油路，沒有任何人的跡象，再望望另一頭，還是沒有人，連可以稱為動物的東西都沒有。育典無奈的拖著行李箱，試圖在空無一物的馬路前，找個可以遮陽的地方。

她認命的坐在附近的樹下，拿出背包裡的英文參考書，開始複習。

大約過了背誦三十個英文單字各五遍的時間。

馬路熱得好像在冒煙，在扭曲的柏油路盡頭，有輛同樣扭曲的金旺車，伴隨著煙塵與引擎聲緩緩接近。

當近到可以看見人影時，育典發現騎車的是位皮膚黝黑，臉上滿布皺紋，整頭白髮，身穿汗衫，腳踩橡膠靴，整體來說很蒼老，打扮老土，卻又瀟灑的老伯。

白髮老伯大搖大擺的的騎著打檔車，停在育典面前。

「育典？」老伯緊盯著育典，扯著嗓門，大聲的對著距離他不到三十公分的女孩吶喊著。

感受到雷聲般的壓迫，育典不由自主的倒退幾步。拉開自己與老伯的距離，輕聲回到：「對，你是我外公嗎？」

「妳說啥？」

「我說，你是我外公嗎？」

「啥？」

「對啦！我是育典！你是外公嗎？！」育典百般無奈的用力嘶吼出自己最大的音量。

就算說是外公，育典也只有小時候見過，對眼前一臉期盼的老人，她完全沒有印象。

「喔！對、對！大家都叫我老李啦！妳是育典嗎？」

望著老伯熱切的眼神，育典翻了一個白眼後拼命點頭，反正會在這個時候出現，又知道她名字的人，一定就是來接她的外公了。

老伯看到她點頭，一臉高興的下車，伸手接過育典的行李箱，再從車箱中拿出繩子，沒一會功夫，就俐落的將行李綁在金旺後座，然後示意要育典坐上車。

「走，外公帶妳回家喲！」

育典驚奇的望著機車後座，從她懂事以來，她就只坐過計程車、公車、捷運，還有飛機，從來沒坐過機車呢！

她笨拙的手腳並用爬上了金旺後座，惶恐不安的緊抓著機車後桿。

「梅子聽到妳要來，準備了好多菜喔！妳待會一定要好好嘗嘗！」

「梅子是誰？」

「這喔！就是有名的『天恩海岸』啦！是我們守護村的招牌風景喔！」

外公百分之兩百沒有聽到育典的問題，依舊用超高分貝，自顧自的向後座的育典介紹環境。

但對育典來說，無論外公說了多少地名，她一個也記不住，因為覺得跟自己毫無關係。

她只是來暫住一學年的過客，地名之類的她才懶得記咧！她的腦容量是拿來背英文單字和歷史、地理的，不是為了用在毫無特色的小村子上。

不過育典還是順勢看了那天恩海岸一眼，不看還好，這一看，育典竟然覺得這個無名的鄉下地方，像極了外國明信片上乾淨的藍色海域。

她感覺有點開心……才想著，就見一群人圍繞在海岸邊，如果只有自己，她絕對會漠視那群人，快速繞過，但可惜由不得搭便車的她，外公一個拐彎，就俐落地停在馬路邊，一臉嚴肅的走向人群。

雖然外公揮手示意要育典跟上，但她一點都沒有要跟著向前的意思，反正這地方的事都和她沒有關係，再說就算不走進人群中，高分貝的爭執早已隨著海風傳了過來。

「阿黛，妳不要再搞亂了，就因為妳亂搞……」

「你這禿頭憑什麼罵阿黛！」李子人未到，聲先到。

他一靠近，包圍的人群就馬上自動散開，為他開了一條通道。

「就憑我是守護村的村長！」被喚禿頭的中年男子不甘示弱，面紅耳赤的吼了回去。

「有你這種村長，村子早晚會消失啦！」李子才加入戰局，就丟出狠話。育典無趣的看著自己毫無概念的爭執現場。

育典注意到，包括自稱是村長的禿頭在內，大部分的村民穿著都和外公相似，只是外公人高馬大，感覺起來較為顯眼。

人群中，還有個與其他人格格不入的西裝男子，以及另一個一樣格格不入，穿著格子襯衫，帶著眼鏡的斯文男子。育典驚訝的發現，竟然有年齡跟她相仿的女孩。

那女孩黝黑的皮膚一看就知道是本地人，和育典過肩的長髮不同，女孩的頭髮很短，纖細但同樣黝黑的脖子因而露了出來，和身上穿的白色T恤形成強烈對比；而她的身形修長健美，露出的肌肉線條相當發達，看著那女孩，育典不禁在腦中浮現了「美洲豹」的形象。

「不愧是鄉下，連女生都一副凶狠的模樣，那女的說不定單手就可以扛起腳踏車呢！」育典驚恐的想著。

注意到育典打量的視線，女孩轉身望了過來。她新奇的看著靠在金旺旁的育典，還有那笨重的行李箱，被盯得很不自在的育典趕緊轉移視線。

女孩打量了一會兒，注意力又回到了爭執中的人群，育典這才鬆了一口氣，但她不知道自己為什麼那麼在意那女孩？

育典甩甩頭，望著仍舊激動爭執的人群。

「現在就只差老李你們同意了。」禿頭村長噴著口水說：「不要那麼不知好歹，難道你要整個村子跟你四年前一樣，賠上大好前途啊！」

「哼！」李子用鼻音表達不屑。

「如果不是因為我爸，天恩海岸現在……」女孩發出清亮的聲音試圖辯解。

「就是因為妳爸，我們才沒趕上開發，隔壁村子都不知道賺幾桶金了……早知如此，當初就不該心軟……」

「可是我爸……」

「好了、好了，各位冷靜點……」一個清亮的聲音制止了看似沒完沒了的爭執。

育典看到那身影，不由得一陣懷念。

那名西裝男子穿著筆挺的白襯衫，繫著俐落的條紋領帶，散發出都市氣息，和身旁皮膚黝黑，衣著樸素的人截然不同。

「你給我閉嘴！」外公突然向男子大吼，打斷了他的話。

突如其來的吼聲讓育典和其他人都嚇了一跳，外公的大嗓門竟特別針對那名文質彬彬的男子，育典驚訝的盯著氣到脖子都紅了的外公。

「我這都是為了你們好……」面對外公的憤怒，男子毫不動搖，以理智威嚴的聲音回應。

「我呸！」外公又一句怒吼打斷男子。

「我說……」

「算了啦！」戴眼鏡的斯文男子眼見爭執的不滿又升高到新的境界，趕緊打圓場說：「老李，你今天不是要去接外孫女回家？」

眾人的目光隨著禿頭看向育典，被盯得不好意思的育典，趕緊低著頭，躲避眾人的視線。她眼角瞥見那名黝黑少女友善的向自己揮了揮手。

「對喔！我要先帶我的外孫女回去，改天別讓我再看到你們！」

「那就是育典？」意外的，斯文男子似乎認識她。

「不關你的事！」外公怒吼會去。

「大家先回家吧！」眼鏡男溫和的解散了人群。

眾人一哄而散，外公也一臉陰鬱的走回金旺，一言不發的載著育典離開了海岸。

沿途風景依舊明媚，真是個什麼都沒有的好地方，育典絕望的看著海天一色，連綿不絕的美景。

直到金旺突然彎進了叉路，育典才知道他們已經進入了村莊。

眼前盡是一棟棟陳舊的平房。樸實的房子外幾乎都設有長廊，依著牆擺放著許多張竹椅或木凳，有的院子大一點的，還有木桌和鐵製的搖椅。因為不是想像中的茅草屋，終於讓育典放下心來。

幾乎家家戶戶都有院子，每戶都隔了一段距離，不像在北部，家家戶戶比鄰而建，一點喘息的空隙都沒有。

育典瞠目結舌的看著這些不可能出現在都市裡的景色。

在都市中，若說誰家能有院子，那一定得要是非常有錢的人，難道鄉下人都很有錢？

他們停在一棟同樣有前院，長廊下有乘涼用的桌椅和搖椅的屋子前。

「梅子！梅子！」才停好車，老李就用他洪亮的嗓門向屋內呼喊。

一個粉紅色的身影推開木製的紗門，出現在他們面前。

育典打量著眼前嬌小的老婦人，正覺得她行動緩慢時，才注意到她走起路來一跛一跛的。

看來這就是久違的外婆了。

雖說是久違，但育典一點小時候的記憶都沒有。

育典靦腆的看著外婆笑嘻嘻的走到自己面前，與身形高大的外公站在一起，兩人竟有點像七爺八爺。育典忍著笑意，看著外公一言不發的卸下行李，並沿著房屋旁的小徑，逕自走向後院。

育典不知所措的站在原地，沒想到自己就這樣被丟給粉紅老婦了。

「欸……我是……」

「育典喔！」粉紅老婦一臉熱情，直盯著育典瞧，看得她都不好意思了起來。「妳長大了呢！跟妳媽有點像，跟妳爸也有點像。」

「欸……」

「我是外婆啦！也難怪妳不記得，從妳三歲被帶到北部後，就沒再見過面了喔！」

育典不知所措地看著眼前的老婦，別說印象了，她只覺得眼前的老人有夠誇張，從頭上的大蝴蝶結到腳上穿的夾腳拖，通通是粉紅色的。

她試著打招呼：「外……婆……外婆好……那個……那……外公……」

順著育典的視線，梅子笑盈盈地看著外公生硬的背影說：「看他那個樣子喔！應該是見到不肖子啦！」粉紅老婦笑嘻嘻的說。

「不肖子？」

「妳媽沒說過喔？」粉紅色的梅子睜著大眼問。

育典搖搖頭。「媽媽很忙，我們很少聊功課以外的事。」

「我們啊！生了一對好兒女，一個是妳媽，一個是妳舅舅，來的時候應該有看到穿西裝的人吧！白白高高的，村裡的人都不會穿西裝，只有他會啦！這兩個孩子沒有一個留在老家，幾十年都不見人影。一個好不容易聯絡了，就硬塞了個外孫女過來，妳一定也覺得很委屈喔！習慣就好啦！哈哈哈哈！」梅子爽朗的說。

育典目瞪口呆的看著大笑的梅子，對突然被空降而一直抱怨的自己，感覺有點慚愧，她撇開視線說：「對……對不起……媽媽這麼隨便……」

「沒關係啦！妳媽是怎樣的人，我比妳更清楚，如果覺得麻煩就不會答應了！」梅子說：「而且比起妳媽，另一個好不容易回來的兒子卻滿嘴土地開發，妳媽還肯把寶貝女兒交給我們，算不錯了啦！」談起兒子，和憤怒的李子相比，梅子卻露出俏皮的笑容，向育典眨眨眼說道。

沒想到自己會被說成是寶貝，這讓育典臉紅了起來。

回想起在海岸邊見到的人，原來那個看起來很斯文的人是她的親戚啊！

驚訝歸驚訝，但她對舅舅也一樣毫無記憶，她更訝異的是，舅舅竟敢和外公「頂嘴」。如果是她，才不敢對媽媽有任何抱怨，只怕那不僅要賠上自己的零用錢，可能還得聽上好幾天的訓話。

梅子領著育典走進整潔的長廊，拉開紗門走進客廳，一陣香氣撲鼻。

「那是艾草的味道。」梅子說：「這邊晚上蚊蟲多，點艾草驅蚊很有用。」

育典想起家裡都用電蚊香，沒有這麼香的味道呢！

室內比育典想像的寬敞簡樸，木製的長椅上，擺著刺繡精美的坐墊和抱枕。牆上掛著許多造型可愛的木製相框，育典注意到，裡面有許多照片都泛黃了。

客廳的後方就是寬敞的廚房兼餐廳，在面對客廳的牆面有三扇木門，梅子推開最靠近外牆的一扇木門，笑嘻嘻的說：「這房間原本是妳媽的，後來給你們一家住，再後來妳爸媽離婚，妳媽把妳帶去北部後，就沒有在使用了。我打掃得很乾淨，這一年，妳就隨便使用吧！」

行李已經放在床邊，梅子笑嘻嘻的提醒育典吃飯的時間，留下育典一個人就離開了房間。

育典站在房門口，打量著房間。

房間很寬敞，這大概是鄉下唯一的好處。

房內的家具都是木製的，有床、附有穿衣鏡的衣櫃、比自己還高的書櫥，還有一張看起來很古老的書桌和椅子，看起來都有些歲月了。

房內有股青草香，原來房間內的兩扇窗戶都打開通風了，一扇面對庭院，一扇面對菜園，育典猜想，另外兩扇木門應該也是房間，從外面看來，這棟方正房子的每個房間應該都採光良好。

午後，折騰了一整天的育典無力地躺在木板床上，硬梆梆的木頭讓睡慣彈簧床的她翻來覆去，就是找不到一個舒服的姿勢，最後只好蜷曲在枕頭上面，枕頭和棉被散發出太陽的香味。

育典回想起，自己家裡的棉被也很香，但都是芳香劑和柔軟精的味道，沒有暖烘烘的感覺。

「鄉下也是有優點的……」

回想起白天海岸邊的事，那名黝黑的女孩和穿著襯衫的舅舅又浮現在腦中。她有些好奇他們的爭執，為什麼明明是個小村莊，看起來卻好像有很複雜的事啊？她提醒自己不要多管閒事，自己只待一個學年，這個學年必須更加用功，花更多時間念書，才有可能追得上原本的進度，效率也會……。

轉到窮鄉僻壤的她已經輸在起跑點了，她可不能耽擱，得快點跟上才行。就算有個像是從迪士尼電影裡走出來的外婆，有個又酷又兇的外公也一樣。

打定注意後，她拿出參考書複習。

大約練了十個數學習題後，她才走出房門。

都市少女的海岸歷險記

即使已經打定主意，要漠視這個窮鄉僻壤的所有東西，但一上餐桌，她就顫抖的發現，有盤黑色的東西散發出刺鼻恐怖的味道，那是醃製海帶芽，她從小就避之唯恐不及的鬼東西。

三 黑與白

「騎腳踏車？」育典驚訝的張大了嘴，瞪著眼前那兩個輪子，後座還有塊大鐵板的機械怪物問到。

育典沒想到自己除了要習慣醃製海帶芽外，竟然還得適應那毫無效率的腳踏車？

「嘿呦！不然走路要走一個小時喔！」今天也是從頭到腳都很粉紅的梅子，睜著圓圓的眼睛，滿是皺紋的臉笑咪咪的，望著一臉呆滯的外孫女。

「公……公車呢？」育典發出絕望的聲音，顫抖的再次問到。

雖然她不敢抱太大的希望，在鄉下鳥地方怎麼可能有公車？但問問總可以吧！

「那是啥？」梅子露出天真的表情回問。

看到外孫女驚恐的表情，她才笑著說：「沒啦！我跟妳開玩笑的啦！公車要到隔壁村才有得坐，守護村沒有啦！所以妳要嘛走路，要嘛騎腳踏車，選一個。」梅子俏皮的問。

此刻，她們祖孫倆正蹲在家門口，頂著早晨耀眼的朝陽，討論著育典的上學通勤大事。

幾天下來，好不容易才習慣了木板床，不再腰酸背痛的育典，整個假期盡量都待在房內。

外公家連上網都沒辦法，無聊的她。

一點都沒有探索新環境的意願，她也因此得以降低面臨各種「文化衝擊」的風險。她只想保持最低限度的行動，把所有能量拿來彌補自己無法上補習班的損失。所以當外公約她一起下田耕種，外婆找她一同訪友，她通通拒絕了，以為自己可以因此平順地度過這一年時，沒想到才過幾天，新的難題又來考驗她的耐性。

直到今早，也就是開學的第一天她才知道，家裡離學校有段距離，而這段距離除了騎腳踏車或機車，沒有其他方法。

「可是……可是……」育典彆扭的說。「我不會騎……」事實上，別說是育典了，她大部分的同學也都不會騎腳踏車，在都市長大的她們，代步工具是公車、捷運和計程車，哪裡需要用到那麼原始的交通工具？

「這樣啊……」梅子打量著一臉挫敗的育典。「不然改天叫阿黛教妳騎。」

「誰？不……不用麻煩啦……」突然聽到陌生的名字，育典直覺地先拒絕，她可一點都不想和村裡的人交好，不然離開的時候還要回送一堆禮物，麻煩的要命。

「不麻煩啦……」梅子一臉開朗的說。

「妳不麻煩，我嫌麻煩啊……」

「妳說啥？」

「沒事啦……反正，我走路去就可以了……」

「這樣喔！」梅子說：「要走一個多小時喔！」

「那……」育典望著那條看似沒有盡頭的路，終於放下自己連日來，盡量不和人有關連的堅持。「那個……外……外婆……」

「怎樣？」梅子含笑的看著靦腆的外孫女。

「可不可以……請外公載我……」

「可是李子也是要工作，沒有多餘的空閒……」

「我……我知道……」

「不過，如果妳答應學騎腳踏車，在學會之前載妳，他應該願意吧！」梅子托著腮，一臉傷腦筋的說。

「我……我知道了……我……我學……」人在江湖，身不由己，加上識時務者為俊傑，育典的國文成績可是最高分的呢！

「李子啊！」不等育典說完，梅子已經扯開嗓門，大聲呼喚還在後院的老伴。

李子腳上依舊穿著那雙沾滿泥巴的橡膠靴，面對老伴的詢問，二話不說就答應了接送的任務，讓育典著實鬆了一口氣，她還以為他們一定會拒絕連日來都明顯迴避他們的自己呢！

「就載妳到學會腳踏車喔！」梅子開朗的揮著手，熱情的目送祖孫倆離開。

看著育典消瘦的背影，梅子不禁感嘆地想到，好不容易和十幾年沒見的外孫女同住，她卻已經變成了什麼都不會的城市鄉巴佬，唉……明明三歲時，還那麼惹人憐愛……，所以雖然只是小孩，她還是忍不住想糗糗她，不過梅子也有自信，只要住個一年，那孩子也會喜歡上純樸的守護村吧！梅子樂觀地想著，轉身回去忙了。

當育典順利抵達校門時，放眼望去，才發現除了她以外，所有的學生都騎腳踏車或步行到校。校門口的學生三三兩兩，閒散的情景一點都不像北部的校門口那樣擁擠，塞滿了接送的家長和各種交通工具。

早在開學前，育典就已打定主意，不做任何會引人注目的事，不和任何人打好關係，不做會影響讀書效率的事。所以一下車，揮別外公，她馬上低著頭，準備快速走進教室，但礙於學校人數太少，一有新面孔，馬上就引起注目，不可避免的還是吸引了許多好奇的目光。

「喂！」一個耳熟的清脆聲音從身後響起。

育典回頭一看，一張黝黑的臉出現在眼前。

是那天在海岸邊的少女。

育典低著頭抓緊書包，加快腳步想甩開她，畢竟會在海岸邊和大人起爭執，應該是很會惹麻煩的人吧！她可不能和她扯上關係。

沒想到黝黑少女卻也跟著加快腳步跟了上來。

「喂！妳是李子的外孫女吧？」

「李子？」聽到外公的名字，育典隱藏的好奇心被勾了起來，她斜眼盯著少女開朗的笑臉，卻又有點擔心她會像在海岸邊一樣，突然大聲向自己抱怨，引起別人注意。

「就是妳外公啊！大家都叫他老李或李子，我是阿黛，妳呢？」少女大方的說。

「育……育典……楊育典……」育典用像飛蚊般細弱的聲音回應。

「喔！育典，妳不是上個星期就搬來了？怎麼不出來玩？待在家裡不無聊嗎？我每天聽梅子和李子說妳的事都聽到耳背了……」阿黛連珠炮般的一口氣提了好多問題。

「梅……梅子……？」

「妳該不會連自己外婆的名字都不知道吧？」阿黛驚奇的看著育典。

「我……我當然知道……」感覺自己被取笑了，育典趕緊為自己辯解：

「我只是好奇，為什麼妳好像跟他們很熟……？」

「村子裡的大家都互相認識啊！如果妳有跟李子或梅子一起出門就知道了。不過他們說，妳都躲在房間裡，怎麼約都約不出來……難道……妳有什麼不可告人的祕密嗎？」阿黛故作神祕的問。

「才……才沒有！」

「是嗎？」

育典努力低著頭，閃躲著阿黛那炯炯有神的瞪視。

「喂！辦公室在這邊喔！」原來在不知不覺間，阿黛已經領著育典走到了教職員室門口。

「那我先回教室啦！」阿黛瀟灑的揮了揮手，快步往反方向跑去。

育典訝異於阿黛的體貼和熱心，看著她健美的背影，不禁對黝黑的阿黛有了些許改觀。

當老師帶著育典踏進教室時，育典驚訝的發現，整班學生竟然僅有十人，和以前塞滿五十幾人的班級相比，教室空蕩的很。桌椅也沒按照秩序擺放，歪七扭八的亂擺著，有的距離很近，有的中間卻寬闊到多擺副桌椅都沒問題。而分散在教室四處的二十隻眼睛，好奇的直盯著她看，令育典好不自在。

站在講台上，居高臨下的育典注意到，每雙眼睛的主人都有張黝黑的臉，即使沒那麼黑的同學，和膚色慘白的育典一比，皮膚也彷彿是塗了層牛奶巧克力般。

而明明是上課時間，卻沒有人正經八百地坐著，有的人站著，有的人坐在桌上，甚至有人跨坐在窗邊，雙腳懸空的晃盪著……在如此空蕩的教室，她毫不費力的瞥見阿黛坐在最後一排，正露出白皙的牙齒，熱情的朝她揮手。

原來她們同年。

「疑？妳認識阿黛？那就坐到阿黛旁邊吧！」老師眼尖的注意到她們無言的交流，順手推舟的將育典交給阿黛，逕自結束了介紹的任務。

阿黛和幾個同學聞言，機靈的站了起來，將放在教室後的一副空桌椅整理出來，搬到阿黛桌旁。

育典彆扭的走到為她準備好的座位，育典一轉頭就可以清楚看到阿黛對她露出的燦爛笑臉，對很少被如此熱情對待的育典來說，阿黛是除了剛認識的梅子和李子外，第三個讓她不知所措的人。

當老師用隨興的語氣宣布開始上課時，育典目瞪口呆的發現，全班開始一波新的大風吹。

有人搬著椅子到同學旁邊，有人根本沒帶書包，從教室後的置物櫃抽出課本，還有人直接坐到窗邊，開始打瞌睡。

這也太過自由奔放了吧！育典目瞪口呆的盯著教室的即興活動。

更令育典訝異的是，老師根本毫不在意，反而悠哉的等學生都準備好了，才開始講課。

這和育典原本認知的教室完全不同。

在她就讀的升學班，所有學生即使到了下課，班上依舊保持安靜，除了去上廁所的人，大部分的學生都還在座位上溫習功課。班上的每個人目標都是第一志願，彼此都是競爭對手，沒有人敢浪費一分一秒的時間，開無聊的玩笑或做無意義的玩耍。但眼前的班級截然不同，明明還在上課，卻不時有人站起來走動，雖然大部分學生算認真聽講，卻能隨興向鄰座借文具，甚至有人整堂課都在睡覺，老師卻毫不在意，根本毫無秩序可言。

上課的內容更是僅限於薄薄的課本內文，沒有講義、學習單或補充筆記……

不過半節課的時間，育典已經完全確定自己先前的擔憂是正確的，若想在這種鳥不拉屎的鄉下保持原本升學班的水準，只能靠自己了。

打定主意後，育典毅然決然的放棄聽講，要她「跟上」鄉下的進度，那根本是要她自毀前程。她翻開超前的進度，開始自己的複習。

好不容易捱到放學，育典迅速收拾書包，一心只想快點回家念書。

「阿黛，今天要不要做那個？」一個平頭男生用頭頂著書包，滿臉痞子樣的晃到她們座位旁。

「那還用說嘛！老地方見，叫石頭和阿克都要到喔！」阿黛語氣率性的命令著。

「那轉學生要來嗎？」男生斜看著育典嬌小的個子。

「交給我吧！我會帶她去。」

在阿黛許下保證的同時，育典已經默默走到教室門邊，和同學拉開了距離。

育典發現自己早上對阿黛的好感已經消失了。

自己果然還是不可能和那種大姐頭類型的人做朋友。

經過一天的觀察，除了課業得靠自己以外，育典還確定了另一件事，阿黛明明沒有擔任幹部，卻彷彿是班上的領導者一般，能使喚其他同學。

她絕不可能和這種活潑外向的女生合得來，一輩子都不可能成為朋友的。何況上英文課時，她見識到了阿黛破爛的英文發音後，更是下定決心要和她，不，是和全斑同學保持距離，免得自己被傳染「破爛英文」之類的病毒，變得像他們一樣。

心裡才下定決心，一隻手突然從後面搭了上來。

「做……做什麼？」育典努力向一旁縮著身體，想躲避親暱搭肩的阿黛。

「跟我來，帶妳去個好地方！」

「我不要……我要回家念書……」

「書晚點念也可以啊！我們等等要辦活動，很有趣喔！妳跟著來就知道了。」阿黛又露出那神祕的微笑說道：「而且還會給轉學生特別優惠，結束之後，妳可以不用幫忙收東西喔！」

「不……我還是……」育典正想說，自己還是回家吧！卻想起自己忘了和外公約時間，她期盼的望著校門口，果然沒有外公身影，別說要走一個小時，她連回家的路都不太清楚。

「妳沒和李子說好，他不會來接妳的，所以今天得用走得回去了，對吧？」阿黛看穿了育典一臉不妙的表情，壞心眼的笑著說：「好啦！又不會賣掉妳，妳過來看看，沒興趣的話，我再載妳回去，如何？比妳走回去還要來的划算喔！」

抬頭看了看頭頂還很毒辣的太陽，育典在心中衡量了一下阿黛的提議。

「如果是運動的話，我在旁邊看就好了……」

「不是喔！看妳一副書呆子的模樣，妳應該會有興趣，是上課之類的……有點類似補習吧！不過講的東西和學校教的不一樣……」

阿黛的話勾起了育典努力想壓抑的好奇心，畢竟阿黛看起來完全不像是會念書的學生，怎麼可能會辦和讀書有關的活動。

「我就去看一下喔……」

育典乖巧地跟著阿黛走到腳踏車停車棚，阿黛的腳踏車和外公家的差不多，是那種又舊又破的類型，後座有個鐵製的，看起來沒有很舒服的「坐墊」，阿黛將書包甩進車籃裡，牽著車示意育典上車。

「李子家不是有台腳踏車？妳幹嘛不騎？」

「我……不會騎……」育典小心翼翼的用手抓著阿黛的襯衫，僵硬的伸直雙腳，總算順利跨坐了上去。她努力將腳打開，就怕腳被捲進輪子裡。

「妳不會騎腳踏車啊？」阿黛說：「真奇怪。」

「才不奇怪……北部到哪都有公車，根本不用自己騎，而且……騎腳踏車很危險耶！說不定會出車禍或跌倒，要住院怎麼辦？那就沒辦法補習了，功課會跟不上……」

「妳開口閉口都是念書，念書真的有這麼重要？」

「那當然……書念不好，一輩子就只能當女工，做些低階的工作，不然也只能做些勞力工作，丟臉死了！」

「當女工也沒啥不好的吧！既不偷也不搶，還可以賺錢養活自己。」

「妳……妳從來沒去過北部吧？那邊交通方便，哪需要這種這麼原始的工具。」感覺自己的想法被否定了，育典感到很不甘心，只好語帶輕蔑的轉移話題。

在她的想法裡，阿黛和班上的同學都一樣，又俗氣又無知，如果不是因為這次的偶然，她一輩子也不可能會和這些「鄉下人」坐在同一間教室，呼吸同樣的空氣。

「嗯……也不算是沒去過……」阿黛無視育典語中的輕視，輕描淡寫的回道：「反正妳搬到這邊，不會腳踏車很不方便，改天我教妳吧！」

「不……不用了……」聽到阿黛自告奮勇要教她，育典想都沒想就一口回絕，今天是迫不得已，不然她才不要和阿黛有任何接觸呢！

「隨便妳囉！」即使被拒絕了，阿黛也不以為意，她輕快的踩著腳踏車，奔馳在蔚藍的海岸邊。

兩人略帶不快的交談就到此為止。

微微海風帶來了略帶鹹味的海水，看著延伸到天際的蔚藍海岸，映襯著藍天白雲，和習慣中的都市叢林迴然不同。

育典有點恍惚的盯著前方阿黛隨風飛揚的白襯衫，她想，應該是在太陽下待太久了，不然自己怎麼會有種微妙的懷念感？

大約過了二十分鐘，終於來到阿黛口中的祭海廟。

育典呆呆的看著那座毫不起眼的小廟，廟的牆壁是已經斑駁的泥土牆，廟旁的大樹下站了幾個有點眼熟的青少年，育典仔細一看，才發現那些都是自己的同班同學。

「大家都到齊了？」

「大胖不來了。」

「還有瘦猴也不來了，他被他媽抓包了。」

「沒關係。」阿黛面色凝重，但依舊露出爽朗的微笑說：「明天我到學校教他。」

在大家的好奇視線下，她將躲在身後的育典推向前。「這是我們班的轉學生，大家都見過了吧？」

「喔！」

阿黛帶領著大家席地而坐，育典也只好有樣學樣的跟著坐下。「老師在哪？」

「阿廣一個月只來一次，其他時間就我們自己複習。」

「那課本咧？」

阿黛聳聳肩：「沒有課本。」她接著說：「育典，我們是『守護村環保講座』的學員，環保講座的講師是阿廣，他是大學環工系的教授……」

育典有聽沒有懂，正想發問，卻被以跑百米速度衝過來的學生打斷。

「禿頭來了！大家快散！」

「不好了！解散！下次聚會時間，明天到學校再通知！」

只見原本圍坐在樹下的小團體，突然一哄而散，速度之快，彷彿蝗蟲過境。從未遇過此事的育典只能直挺挺的呆坐在原地，還好阿黛眼明手快，長手一勾，就將育典拉著一起跑。

育典的體育成績只有及格邊緣，跑沒幾步就氣喘吁吁，最後阿黛將她一把拉上腳踏車後座，火速帶著她逃離現場，這才脫離困境。

「阿黛！」禿頭村長上氣不接下氣，一個小鬼都沒逮到的他，只好氣急敗壞的對著背影大吼：「阿黛，明天升旗的時候到輔導室來！這次一定要妳好好反省！」

育典這才發現，村長身邊竟然還跟著校長，育典心想不妙，她根本搞不清楚那些課程在說些什麼，但有一件事育典很清楚，那就是絕對不要和輔導室扯上關係。等她安全了，她一定要離阿黛遠遠的，連根手指頭都不碰！

對身後育典的擔憂還一無所知的阿黛，奮力地踩著腳踏車前進。

不知過了多久，坐在腳踏車後的育典，不再聽到村長的咆嘯聲，耳邊只有海風呼呼和阿黛輕快踩著腳踏車的聲音。

育典緊緊抓著阿黛洗到褪色的上衣，感覺到她的背已被汗浸濕。

「喂！」

「怎樣？」

「好像沒有追過來，我們休息一下吧！」

聽了育典的建議，阿黛這才找了個陰涼的岩石旁，靠著冰涼的石頭，一屁股坐了下去。

「剛剛……那個人是怎樣？」回想起剛剛的緊張場景，終於能喘口氣了，育典抱怨的說：「不就是辦個講座嗎？幹嘛搞得那麼嚴肅？突然就罵人……嚇死我了……」

阿黛憂鬱的說：「因為村裡希望開發的人，不喜歡我們辦環保講座……」

「那不辦不就好了。」育典不以為意的說。「反正不關我的事，我要先回去了，今天的複習還沒做呢！」

育典揮揮手，冷漠的留下阿黛落寞的站在海風中，頭也不回的朝寄居的外公家走去。她還得趕回去準備週末的線上模擬考呢！

沿著海岸，她邊走邊回想過去在升學班一年的經驗。

她已經知道自己不管再怎麼努力，都沒辦法超越班上那些啃書如吃糖的怪物資優生。僅管每天補習到吐血，她也只能維持在中間名次，如果參加考試，一定會名落孫山，但她承受不起那樣的失敗。

她還記得，自從升上國中的升學班，她第一次考出了八十幾分的成績時，媽媽一臉失望的表情。所以育典自願參加各科補習班，除了補習班就是學校的生活，這樣的確讓媽媽多少欣慰了些，覺得育典還算是個懂事的孩子，能自我要求。

但現在她被空降到了鄉下，連補習班的填鴨轟炸都沒了，到底要怎麼做，她才有辦法擠進第一志願的窄門呢？

「育典？」

育典沉浸在自己的世界裡，就在快到外公家時，似乎是自己舅舅的那名西裝男子，在不遠處的轎車前，一臉訝異的向她招手。

四 條件

「哇！」

跟著舅舅走進裝飾著水晶吊燈的挑高大廳，育典掩飾不住臉上的喜悅，讚嘆連連。

華美的裝飾讓她回憶起，每次只要名次進步，媽媽就會抽空帶她去五星級飯店慶祝。

奢華的裝潢，彬彬有禮的服務生，滿足了育典對「文明」的渴望。

明明只差了一個小時的車程，怎麼鄉村就差這麼多？她不禁在心裡抱怨著守護村的落後和不便。

走進西式餐廳，他們選了靠近落地窗的位置坐下，這讓育典有股置身在電影中的錯覺。

育典端著白瓷的盤子，第三次來到自助吧前，琳琅滿目的西點蛋糕，不僅滿足了味覺，也滿足了視覺感受。

她滿意的端著戰利品回到餐桌。

舅舅面前只擺了一杯咖啡。

雖然是第一次見面，但育典好慶幸眼前身穿西裝的男子是自己的舅舅，就在剛才，舅舅用手機幫她撥了電話給媽媽。

暫時沒有手機可用的她，外公家卻禁止撥打越洋電話，而媽媽平時又不會打電話給她……

育典懷念起北部家中的平板電腦，液晶電視和無線網路，雖然媽媽很忙，但對科技產品卻毫不吝嗇，只要她要求就會買。在外公家，想上網得要到鄉立圖書館，使用限次限時的公用網路……。

「舅舅。」育典大口咬下彩色果凍，濃郁的香甜味道瞬間在口中散開，她口齒不清的問道：「你怎麼從來沒和我們聯絡過？」

「妳剛剛也聽到了吧！」舅舅指的是剛剛和媽媽通話的情況，育典點點頭，連忙將另一塊裝飾著大顆草莓的粉紅蛋糕送入口中。

「大姊和我都很忙，我們已經有好多年沒聯絡了，如果不是這麼巧，在老家遇見妳，我們根本抽不出空來閒話家常，這都要感謝妳呢！」舅舅看著育典高興的模樣，優雅地喝了一口黑咖啡，露出迷人的業務微笑說。

被舅舅誇獎讓育典有點高興，沒想到她默默地幫上了媽媽的忙呢！

「原來如此，難怪媽媽也沒提過你。」育典說：「不過你們果然是姐弟呢！

都好會享受美食喔！媽媽也會帶我到飯店吃自助餐呢！」

「對啊！」舅舅躊躇著，露出似乎不確定是否該跟外甥女討論這件事的表情，猶豫的說：「我和姐姐興趣很像……我畢業後就走建設這條路，希望能夠造福鄉里，這也是我這次回鄉的目的……」

「造福鄉里？」育典露出困惑的表情。

「對啊！育典，妳覺得這間飯店怎麼樣？」

順著舅舅的視線，育典環顧四週，餐廳裡有許多看似悠閒的客人，有的攜家帶眷，有的三三兩兩，還有不少外國人，大部分都打扮時髦，穿著入時，行為舉止更是優雅有禮，一派悠閒自得的樣子，一看就知道是從都市來的，絕對不是當地人。

「很好啊！很舒服，很棒，我要是能住在這樣的飯店裡就好了。」育典一臉憧憬的說。

「這間飯店呢！原本是要建在妳現在住的那個守護村……」

美麗的夕陽透過落地窗斜射進來，在夕陽的餘暉中，育典訝異地聽著舅舅一臉嚴肅的開始訴說往事。

「大約從十幾年前開始，我們公司就陸續開發這附近的海岸線，主要是因為天恩海岸景色優美，許多都市的遊客都想到這來放鬆身心。」

育典不由得點點頭，如果是住這麼高級的飯店，即便是這種荒郊野外，她也絕對可以享受。

「後來公司終於在四年前準備好開發提案，也開始和村民接洽了……可惜……」

育典腦中突然閃過了第一次在海岸上看到阿黛時，阿黛說的話，似乎也是幾年前她爸爸怎樣之類的……發現自己分心了，她趕緊把精神集中在聆聽舅舅的故事上。

「可惜因為一些地方保守人士的反對，提案沒有順利通過。」舅舅遺憾的說。「不然現在村裡的觀光早就被帶動起來，觀光客會像湧入這間飯店一樣，蜂湧進落魄的守護村，也能解決人口外移和就業問題……」

聽著舅舅的話，育典不自覺的點頭表示贊同。

她在上課的時候有聽過，觀光收益通常是偏遠鄉鎮的收入來源，因為人口外移等原因，使得偏遠鄉鎮的開發更顯重要，那些保守人士都不知好歹，竟然白白拒絕掉發展的好機會！

「那現在開發也可以吧？」雖然對自己到來的時機不對感到遺憾，必須要住在落後的地方，但畢竟是媽媽的故鄉，若有機會獲得改善，育典還是很期待能看到這地方改頭換面的。

「我也是這麼想……」舅舅欣慰的看著育典說：「所以我就和公司自薦，帶著開發提案過來了……」

「嗯嗯！」聽到村子又有機會獲得新生，育典一臉雀躍地點著頭。

「可是……」舅舅面有難色的說：「妳還記得妳剛來的那天吧？」

育典回想起那天海岸上的爭執。

「就是有很多人在海岸邊爭吵的那天，我記得我有看到妳，那時候還不確定妳是誰，加上當時情況有點混亂。但今天又看到妳在廟邊，還跟那個女孩在一起……就確定妳是小育典了，我在妳很小的時候見過妳，那時候還幫妳換過尿布呢……」

聽到自己竟然被眼前的大男人換過尿布，育典不禁臉紅了起來。「那時候還小吧！我現在已經長大了！」她抗議著。

「對啊！都長那麼大了……」舅舅趕緊安撫她，接著小心的提出心中的疑問：「育典，剛剛和妳在一起的那位……就是也出現在爭執現場中的那位……妳怎麼會和那個女生在一起呢？」

「那個女生？」育典想了想，問：「你是說阿黛？」

舅舅點點頭：「就是她。」

「只是偶然遇到的，她是我的同班同學啊！」

「這樣啊……也對，妳才剛轉來，還不清楚這邊的狀況……」舅舅若有所思的托著下巴，沉思了片刻後說：「我記得妳剛剛說過，妳想要靠推甄考進第一志願的高中，對吧？」

舅舅有把自己剛剛說的話聽進去，育典高興地點頭。

「已經有把握了嗎？」舅舅笑著問：「妳看起來很聰明……」

「才怪呢！」育典扮了一個鬼臉，傷腦筋的說：「現在還在傷腦筋啊！如果不能推甄，那我就一定要參加考試了，可是考試又一定比不過那些讀書機器，唉！我都快煩死了！」難得有機會一吐苦水，育典不客氣地將自己的想法都說了出來。

「原來是這樣啊……看起來妳的煩惱和我一樣，萬事皆備，只欠東風呢……」

舅舅的這番話馬上勾起了育典的興趣，不僅是因為舅舅不把她當小孩看，還包括他竟然願意訴說自己的煩惱，感覺自己被需要的育典馬上追問：「舅舅，你有什麼煩惱啊？」

「還不就是剛剛說的，開發的事情……」

「開發不順利嗎？」

「一開始其實還滿順利的，可是……」提起開發的瓶頸，舅舅顯得些欲言又止。

「如果有什麼我可以幫上忙的，我一定幫你！」育典趕緊給舅舅支持打氣，畢竟在這窮鄉僻壤，也只有舅舅在乎她的感覺了。

「其實這不應該跟小孩子說……但為了村里好……」舅舅猶豫再三。「目前村民都同意開發案了，只剩下……」

「該不會只剩下外公沒同意吧？」育典想起在海岸邊的爭執。

「沒錯。」

「外公太自私了，竟然不顧大家的福利。」

「唉！他們就是太頑固了……」舅舅又再三斟酌了一會兒，才向育典說到：「育典，妳願意幫我忙嗎？為了提高守護村的經濟效益，創造富足的生活。」

「咦？」育典好奇的問：「我可以幫什麼忙？」

「妳幫我找出外公藏起來的土地文件，拿來給我，只差那個，開發案就可以通過了！」

「我！我……怎麼可以做這種事！那……那不是……那不是偷……偷……」育典驚慌的連話都講不完。

「妳放心，我原本就有繼承權，只是現在還無法說服爸爸，但只要開發案過了，村里的生活改善了，他一定也會了解開發的必要。因為他現在還守著老舊的觀念不放，這個案子才卡了那麼久，那天的爭執也是……」

「再加上，如果妳願意幫我。」舅舅露出鼓勵的笑容說：「第一高中的主任剛好是我的好友，我可以請他幫妳辦理保送入學，連推薦考試都不需要參加，只要有他幫忙，妳的入學不是問題。」

聽到這個訊息，育典的眼睛瞬間閃耀了起來。

「如果妳擔心法律問題，我剛剛也說了，我這邊都會處理好，妳只要把文件拿給我，其他的事就交給我了，這樣對村裡也好。」

「也對……畢竟是對大家都好的事……」育典猶豫的附和著：「明明是好事，是外公太固執了，反正最後還是舅舅要繼承土地，為何要拖累大家呢？」彷彿要說服自己一般，育典默默地點著頭。

看到育典逐漸同意的態度，舅舅露出讚許的笑容：「還好妳是個體貼的好孩子，姊姊知道妳得到保送的話，一定也會很高興的。」

聽到舅舅的話，育典已經在腦中幻想起自己穿上第一志願的制服，媽媽讚賞她的模樣。

「可是……我該從哪裡找起好呢？」育典困擾的說：「我和外公外婆又不熟……」

「妳可以從那個叫阿黛的女孩調查起……」

「這和阿黛有什麼關係……」

「嗯……這就是妳的工作囉！」舅舅微笑的說。

舅舅沒有打算向育典詳細說明。

阿黛的家人是四年前那場開發案失敗的主要原因，這次，阿黛和她的親友也一定會盡力阻止開發案，他可不能讓同樣的事情再發生。因為過去開發案的流標，讓公司損失了上百億，這次開發案會由曾經是當地人的他主導，也是為了防止舊事重演。

舅舅將育典送到外公家門口，在還沒被看見前就先行離開了。

和舅舅道別後，育典回到房間，像平時一樣將自己關在房內，隔絕外頭的紛擾。

坐在放滿參考書的書桌前，原本被沖昏頭的腦袋逐漸清醒了過來。她開始覺得這不是一件好事，何況還要花時間去調查……說不定還要跟蹤和偷東西……她只是一個普通的女孩，這些事她哪裡做得來……她瞄了一眼參考書上的練習題，那是她昨晚花了一個晚上也沒解開的大考模擬測驗……

隔天，趁著假日，育典固定到圖書館收發郵件後，原本還有些遲疑的她，終於下定決心，無論要做什麼事，她都得要拿到進入第一志願的保送資格！

那封郵件是補習班好友寄來的，信件的內容是兩人模擬考成績躍升的自拍照。

「看著吧！我一定會比妳們早拿到擠進窄門的門票！」育典焦慮的望著螢幕說。

五 "守護蟹"傳說

既然決定了就要盡早執行，才符合經濟效益。

隔天一早，育典邊穿衣服，邊看著鏡中的自己，在心中為自己打氣。

為了找出外公藏起來的土地文件，育典像平常一樣複習完英文單字後，打算模仿電影中的間諜一樣，靠著一步步接近目標，取信他們而得勝。

向來茶來伸手，飯來張口，不然就直接掏腰包買熟食的她，竟然主動接近廚房，連她自己都感到意外。

她第一次看見自己這幾天吃到的早餐在上餐桌前的樣子。

廚房裡，梅子正熟練的翻炒著某種育典叫不出名字的青菜，只見她熄了火，蹣跚的移動到櫥櫃旁，伸手要拿盤子裝盛。

「外婆，我來幫妳！」

育典見狀，趕緊邁步向前，連忙接過梅子手裡的盤子。

「啊呀！今天吹的是什麼風啊？」梅子驚訝的看著育典。

「沒有啦！」育典不好意思的說。「我突然想學怎麼做菜……」她隨便找了個藉口想蒙混過去。

「哇！」才說著，育典就將青菜打翻。

看著地上被浪費的青菜，梅子皺著眉頭，微怒的看著育典，毫不猶豫的下了逐客令。

被趕出廚房的育典，只好到後院尋找外公的身影。

李子穿著橡膠鞋，俐落的拿著塑膠水管在灌溉菜園。

「外……公……我來幫你……」

但老李頭也不回，顯然沒有聽到育典的聲音。

「唉！每次都要這樣嗎？」育典嘆了口氣，加大音量再次呼喊：「外公！」

老李還是沒有回應。「外公！」育典只好蹦蹦跳跳的往前一跨，卻一腳踩進了水窪中，她強忍著濕透的雙腳，硬是擠出微笑。「外公！」

老李這才注意到來到身後的外孫女，他詫異的看著從不進入菜園的育典。

「怎麼啦？」

「我來幫你啦！」

「妳說啥？」

「我說我來幫你！」

「什麼？」

育典正想再加大音量，她又往前走了一步，卻滑了一跤，跌了個狗吃屎。

看到育典狼狽的模樣，李子不禁大笑起來。

「妳這小鬼到底在做什麼啊？快點走開，不要在這邊礙事。」

育典無奈的拖著一身泥巴，回到餐桌前，桌上就像往常一樣，已經擺滿了三菜一湯，剛剛的意外彷彿沒發生過。

「育典啊！妳怎麼弄得那麼髒？真是怪小孩，快去叫妳外公吃飯啊！」

「喔……」

育典只好再次拖著一身泥巴，回到菜園，剛好看見老李收拾好水管，正準備將農具拿回倉庫。為了打好關係，她趕緊跑到老李身邊想幫忙，沒注意到育典的老李，突然轉身，正巧將育典撞進了菜園裡，育典再次摔了個狗吃屎，老李忍不住爽朗的大笑起來。

接下來的一整天，育典都試著幫梅子和李子做家務和農活。但不是打翻醬油，就是弄得自己渾身泥濘，梅子和李子最後只好將育典趕出門，叫她不要再越幫越忙，育典沮喪的閒晃著，就這樣來到了海邊。

她沿著空無一人的海岸堤防來到沙灘，沙灘的一邊，是半露出海水的礁岩區，再過去，有著白色浪花奮力拍打的高聳懸崖。另一邊則是茂密的防風林。

育典沮喪的坐在漂流木上，回想著自己從早上就開始的一連串失敗。

「這樣下去……別說是文件了，連補充的衛生紙放哪他們都不會告訴我……」

就在她努力想著該怎麼找到文件時，身後傳來熟悉的呼喊。

「育典！」

育典一回頭，就看到阿黛正熱情的打著招呼向自己跑來，健美的身材在陽光下閃耀著，彷彿奧運田徑選手般耀眼。

育典皺著眉想躲過那與自己完全不同的活力，但一想到舅舅說過，阿黛家和兩老關係密切，原本想轉身就跑，將這老師眼中的問題兒童甩開的她，硬是逼著自己轉身，擠出僵硬的微笑。

「呵呵！好……好巧，欸！你……們怎麼在這？」育典這時才注意到，阿黛不只自己一人，她身後還跟著一位斯文的眼鏡男子，她困惑的問道。

「這是阿廣教授。」阿黛一邊靠近育典，一臉興奮的拉著教授向育典介紹。

「教授，這位就是育典，她是李子和梅子的外孫女喔！」

「育典，我們好像在海岸邊見過一次，妳外公幫了我們很多忙，謝謝。」教授溫和的問候著。

突然被不認識的人道謝，而且自己連道謝的理由都不知道，育典渾身不自在的敷衍著：「喔……」

「我們正要去祭海廟上課，就是上次被禿頭打斷的那次啊！」阿黛自豪的笑著說：「阿廣每個月都會從北部過來，在樹下教大家環保知識，妳要不要一起來？」

聽到是北部人，育典這才仔細打量起被稱為教授的男子。

除了臉上的眼鏡讓他顯得斯文外，他渾身上下穿著邋遢的襯衫和皺巴巴的褲子，一點都不像舅舅那樣體面，完全沒有都市時尚氣質，育典默默在心中感到鄙視。但想到自己的任務，為了保送名額，她只好勉為其難的答應：「喔！好哇！如果不太花時間的話……」

「應該不花吧？」阿黛歪著頭，不太確定的回答。

連花不花時間都不知道，看來是無法溝通，育典鄙視的想著，但也只好先跟著阿黛走了。

他們沿著海岸走了一段路，終於抵達了建在海岸邊防波堤上的祭海廟。

原來穿過防風林，林子的另一邊就是祭海廟。

高大的防風林四周，就跟先前一樣，已經停了十幾輛腳踏車，平頭男生和其他同班同學都在，還有幾個看起來是低年級的學生。

「教授！」其中一位似乎是坐在育典前面的男生熱情的向他們跑來。

「阿寶，一個月沒見，你又長高啦？」

「嘿嘿！」被叫做是阿寶的男生靦腆的笑著。「教授，我有照你說的，定期幫狗洗澡，還點了除蚤藥，現在小狗都活蹦亂跳了！」

「狗？」育典小聲的詢問一旁的阿黛。

「阿廣雖然是環工系的老師，可是他對動物很有一套喔！如果養的寵物出了問題，問他就對了！」

「欸！那就免了。」自己哪來的閒功夫養寵物啊！育典不感興趣的說。

「欸！轉學生妳也來啦？」注意到站在稍遠處的育典，阿寶以同樣的熱情向她打招呼。

「嗨……」

「快過來，大家都到齊了吧！」阿黛領著教授走到樹下，育典也只好硬著頭皮跟上去。

大樹為他們擋下了不少暑氣，像上次一樣，育典找了個離人群最遠的角落坐下，並謹慎地留意著禿頭村長隨時可能會出現。

「一個月一次的環保集會又到啦！讓我們一起歡迎阿廣。」阿黛站在大樹下，誇張的介紹著大家都很熟悉的教授。

「要加教授啦！阿黛，妳很沒禮貌耶！」

育典瞪大了眼睛看著就像平時的課堂上那樣，毫無秩序的互動，而被直呼其名的教授也不以為意，依舊笑笑的說著。

「沒差啦！今天阿廣要介紹守護蟹喔！」

「喔！」

聽到課程主題，台下一陣騷動，育典不明所以的看著莫名雀躍的眾人，她盡可能抱著膝蓋躲在最後方，只想和這奇怪的聚會保持距離。畢竟她可沒忘記，阿黛是學校眼中的問題兒童，上次的追逐還讓她心有餘悸呢！

「大家從小在這長大，應該都知道守護蟹的傳說吧！」

「知道！」

「可是我爸說，自從附近的海岸都開發後，已經有十多年都沒有看到了。」

一提到守護蟹，育典驚訝的發現，現場氣氛熱絡，台下交頭接耳的分享著彼此的經驗，彷彿所有人都很熟悉這陌生的名詞，她不禁好奇起「守護蟹」來。

「是啊！」阿廣點點頭。「守護蟹是東南部海岸特有的螃蟹品種，尤其是獨特的藍色腹部是最主要的特徵。可是卻也是極其敏感的蟹種，只要生態的平衡有一點改變，就有可能會讓牠們搬家。想要看到守護蟹，最好利用在有月光的夜晚，守護蟹獨特的藍色腹部會反射月光，在夜晚中閃爍著藍光……」

就在教授侃侃而談時，育典注意到，防波堤上有個怒氣沖沖的人影正向他們走來，仔細一看，這不就又是禿頭村長嗎？還好這次身邊沒有跟著校長，但依舊讓育典頭皮發麻，就在育典臉色發白，半蹲著準備逃跑時，卻發現樹下的眾人毫無反應，甚至可以說是有恃無恐，一臉冷靜的等著村長走來。

「阿黛！」村長說：「妳……」

村長的話還沒說完，就看到他硬生生的將到嘴邊的話吞了回去，一副看到鬼的樣子瞪著教授。

「村長，這麼巧！」有別於其他人的冷眼，阿廣熱情的迎了上去。「阿黛還說邀不到你過來，你總算來聽講了！」

只見村長硬是擠出笑臉，皮笑肉不笑的回應著：「教……教授……上次我們就討論過了，這個講座不適合村子，你還是請回吧……」

「不要這麼說。」阿廣好像聽不懂村長的送客語，還大剌剌的拉著他的手。「這邊還有位置，快過來！」

阿廣硬是將村長推進圍坐的人群中，繼續剛剛的講解。

「……所以，一般都認為，只要守護蟹存在，我們的水質和環境就沒有問題，生態也能維持平衡。村長，你認為呢？」

好不容易聽了一個小時的課，突然被點名的村長一臉尷尬。

「生態平衡我是不太懂啦……可是我也跟你說過了，經濟發展才是最……」

「大家快看！」

不知是天意還是碰巧，一群海鷹飛過海岸上空，阿廣趕緊打斷村長的發言，領著大家走出防風林，好好欣賞一番。

趁著阿廣分心介紹的空檔，背著教授，村長轉頭齜牙裂嘴的小聲警告著身後的學生。「好哇！你們這群小鬼，尤其是阿黛，我今天一定要把妳送到你們老師面前！」

聽到村長恐嚇，眾人一臉無所謂的模樣，逕自擠過他身邊，趕到阿廣的身邊欣賞老鷹。

夕陽西下時分，阿廣神清氣爽的宣布：「那今天的講座就到這裡，大家下個月再見啦！」

「村長先生，你可以送我去車站嗎？」阿廣催促著，一臉熱切的還想和村長討論更多。

原本打算責備學生的村長，聽到阿廣的邀約，只好一臉不情願的回頭，還算有風度的領著他走向海岸的停車處。

好不容易，兩人逐漸走遠後，講座也才原地解散，阿黛竟拉著也想走開的育典。「妳是走路來的吧！我送妳回去。」

育典看到四下都是騎著腳踏車的同學，心想剛好，一來可以節省時間，二來可以親近阿黛，讓她想想怎麼讓自己特地起個大清早，卻瞬間胎死腹中的計畫死而復生。最理想的狀況是，花很少時間就能有效果，這才符合經濟效益。

她聽話的坐上了阿黛的腳踏車。

「喂……」

「做啥？」

「反正開發是趨勢，你們幹嘛反對？這樣很不合群耶！村子繁榮，大家不也可以得到更多資源？」育典忍不住打破沉默，脫口提問。

聽到育典說了和村長類似的話，阿黛只是更賣力的踩著腳踏車，沉默不語。

「幹嘛做這些吃力不討好的事？」

「欸……」

「我覺得最好趕緊開發，妳有去看過鄰村的飯店嗎？那才是真正的文明，還能帶動地方的經濟發展……」

一時間，阿黛只是默默的聽著育典高談闊論。

兩人身旁就是寧靜的沙灘，海浪時而遠去，時而襲來。

等不到阿黛回答，只有自己無趣的在自言自語，育典只好閉上嘴巴，兩人又沉默的沿著海岸前進了一段路，又過了一會兒，阿黛才回頭輕輕說了一句不相關的話。

「妳知道守護蟹的故事嗎？」

育典翻了個白眼，看來她剛剛說了那麼多，阿黛一句話也沒聽進去。

「啊啊！煩死了，不知道啦！剛剛聽了那麼多我還是搞不懂那是啥，當地名產？可以吃嗎？和開發案有關係嗎？不就是螃蟹嗎？海產店隨便點都有。」

聽了育典連珠炮般的批評，阿黛也不生氣，她笑笑的說：「這個村莊和鄰村一樣，很久以前，其實也沒有很久，大概就是李子還年輕的時候吧！這附近的村莊都是靠海為生的，有個小漁港……」

「漁港的漁夫說，看到守護蟹的人，出海絕對可以平安回來，所以以前人都很珍惜守護蟹，後來我爸跟我說，這種螃蟹只會出現在水質潔淨的海岸，只要還看得到牠的身影，就可以確定我們的生態是平衡的。可是守護蟹消失很久了……我試著找也沒找到……」

阿黛的聲音柔和，一點都不像她平時表現出來的陽光形象，育典聽了有點入迷，呆呆的看著她的側臉，

爸爸……育典腦中浮現了一個模糊的影子，自從三歲起，爸媽離婚後，她就再也沒見過親生父親，也沒想過要聯絡……

「妳爸……教了妳很多事啊……？」育典有點羨慕的問道。

「對啊……」

「真好，我爸媽離婚後，我就沒再見過爸爸了……」

阿黛意外的看著育典，提起父母的事，讓這個都市女孩沒有那麼冷漠尖銳了。

「喂！上次不是說要教妳騎腳踏車？」

「欸？」

「快點過來！」

阿黛又恢復了原本開朗的模樣，她敏捷的停下腳踏車，拉著育典走到腳踏車旁。

「現在教我？」

「對啊！快點。」

阿黛催促著育典坐上腳踏車。

第一次坐在腳踏車坐墊上，她根本不知道手和腳該擺在哪裡，育典只好模仿阿黛騎車時的姿勢，試著讓自己停留在腳踏車上。

「學騎腳踏車很容易，其實只是平衡技巧而已，只要妳一直踩就會前進了，我會在後面扶著，妳快點踩！」

「欸！」育典慌慌張張的聽命。

「肩膀放鬆！」

「哇！妳說的簡單！我很放鬆啊！」育典當然一點都不放鬆，她死命的緊抓著握把。

「我扶著！妳一直踩就對了！」

「妳絕對不可以放手喔！」

「哇啊啊啊啊！」

育典搖搖晃晃的騎著腳踏車，難以保持平衡的感覺讓她很是不安。

兩個女孩就這樣在海岸邊奮力踩著腳踏車，直到育典總算抓到訣竅，逐漸能自己保持平衡為止。

「喂！我好像抓到訣竅了耶！」育典高興的回頭說，但一回頭，卻發現阿黛根本沒有扶著她，不知道從什麼時候開始，就一直是自己獨自騎在路上，阿黛的身影遠遠的，朝她揮手。

「咦？」育典不可置信的回過頭，腳依舊機械般的踩著踏板。「所以……我……我會騎了？是這樣嘛？我會騎腳踏車了！」

育典高興的發現，迎著風前進，原來是這麼舒服的事，她忘我的越踩越快，直到道路的前方出現了轉彎，她煞車不及，連人帶車跌進了一旁的草叢中。

她氣喘吁吁的以大字型躺在草叢裡，感覺自己的膝蓋和小腿又痛又麻，手掌和手臂也一樣。但青草的澀味和鹹鹹的海風混在一起，卻令人很舒服。

遠方，阿黛的身影逐漸從一個小黑點變大，越來越大，大到可以看到她健美的體魄和焦慮的神情。

「喂！妳還好吧？有沒有怎樣？」

育典氣喘吁吁的躺在扎人的草地上。

「哈！哈哈！我會騎了，我會騎腳踏車了！」不顧阿黛一臉擔憂，育典開心的說：「這大概是我做過最有效率的事了！」

早上的挫折好像雨後天晴的潮濕地面，已隨著海風被清爽的蒸發掉了。

「妳沒事就好……」瞥見育典的膝蓋和手臂都有紅腫擦傷，阿黛伸手，一把拉起了躺在草地上的育典，為她拍掉沾滿頭髮和衣服的草屑，並俐落的牽起倒在草叢中的腳踏車。「上車吧！我載妳回家，叫梅子幫妳擦藥。」

彎曲了膝蓋跨上腳踏車後座，育典才更加感受到傷口的疼痛。

雖然膝蓋又腫又痛，但她卻毫不在意身上的傷口，連她自己都驚訝自己的鎮定。平常要是在體育課時擦破個小傷口，她一定趕緊衝到保健室，徹底消毒殺菌兼哭訴一番，難道是因為心情太好了，自己還處在亢奮狀態的緣故？

反正她會騎腳踏車了，其他怎樣都無所謂了！育典神清氣爽的坐在後座想著。

夕陽西下，馬路的另一邊，原本淡藍的海水被映照成漸層的橘。她們和腳踏車的影子也被映照的火紅，在柏油路上穩定的前進著。

「欸！妳想要找守護蟹啊？」心情大好的育典，隨口提起原本令自己厭煩的話題。

「如果找得到的話，怎樣？妳要幫忙？」

海風在耳邊呼嘯，剛剛激動的心情還在平復中，育典還感覺得到自己緊握手把的觸感。

心情莫名的愉快，她想，如果只是幫忙找螃蟹，應該不會影響到計畫吧！何況阿黛和外公外婆的關係很好，跟阿黛打好關係，或許可以加快計畫進行！

「嗯……如果只是順便的話……」

「哈！那就拜託啦！」阿黛輕鬆的踩著腳踏車，隨性的應答著。「話說回來，妳今天怎麼一個人在海邊發呆？」

「我……我今天想幫外公外婆的忙……結果……反而幫倒忙了……」

「怎麼突然想幫忙？」在阿黛的印象中，育典好像很努力的避開同學和村人，所以她才試著接近她，不希望她落單。「想討好她們啊？」

「也不是要討好啦……」育典結巴的解釋：「妳看嘛！我和外公外婆很久沒見了，可是我的親人除了媽媽，也就只剩他們和舅……反正，我現在知道了，難得有機會能和外公外婆一起住，我想要把握和他們相處的時間……」育典隨便說了一個理由。

沒有查覺到育典的話語中的保留，阿黛一臉認真的思考後，她回答：「那妳可以試試看，再過幾天，有個一年一度的祭典……」

「祭典？像廟會那樣？」

「欸……差不多吧！不過阿廣說，守護村的祭典很獨特，其他地方都沒有……」阿黛歪著頭想了想。「反正妳就主動向梅子說，妳要一起參加那個祭典……」

「只要參加那個祭典就好了？」

「應該吧！梅子和李子很重視那個祭典，每年都會盛裝參加。」

「盛裝？」

「嗯……」

那天，阿黛將育典送回家，已經是晚上了。

梅子理所當然既擔心又仔細的為育典消毒包紮，但聽到育典學會了騎腳踏車，還是忍不住得意的笑了一整晚。

晚餐後，育典艱難的避開傷口洗好澡，好不容易躲掉梅子過多的關懷，回到房間，她坐在書桌前，看著翻開的地理講義發呆。

幾個小時前學會騎腳踏車的激動已退，她訝異的發現，自己竟然「混」了一個下午，完全忘了複習作業，天啊！這可是從未有過的情況，育典惶恐不安的想到，難道要實現計畫，得要賠上自己寶貴的複習時間嗎？

六 祭海廟

距離環保講座的那個下午，已經隔了好幾天。

育典坐在餐桌前吃著梅子煮的午餐，育典突然想起自己學會騎腳踏車的經驗，她到現在還不敢相信。

看著外孫女一會兒低頭發呆，一會兒抬頭傻笑的樣子，滿滿的一碗飯吃了老半天還沒吃完，梅子和李子困惑的互看了一眼，終於決定打斷外孫女的白日夢。

「小典啊！」梅子說：「今天要去海邊祭拜，妳要不要一起來？」

被打斷的育典這才回過神來。「祭拜？」就是上次阿黛告訴她的那個祭典？

「海神啊！還有天公啊！」

「那是什麼？」育典難掩好奇的問。

自從上次聽了阿黛的建議，她就一直難以釋懷。

她從來沒有到廟裡拜拜過，更不要說是清明掃墓祭祖，那些都是與她無緣的傳統活動，放假意味著補習班加課和模擬考。

一直以來，她那只裝過公式和試題答案的「效益優先腦袋」，無法想像那是怎樣的一個活動。

梅子閃著水汪汪的眼睛，滿臉充滿幻想的說：「人家還是少女的時候呀，還曾經幻想過海神是個美男子，不知哪天會出現在夜晚的沙灘上，和我談戀愛咧！」

一旁的李子雖然聽不清楚梅子說了什麼，但看到她一臉憧憬的模樣，也可以猜到七八分，他不屑的對著梅子大聲說：「祭天是重要的習俗，哪是老太婆發花癡的地方，要發花癡，在家裡對著我發就可以了！閉嘴，趁現在能吃就多吃點！」

「唉呀！老頭子吃醋了！」看見梅子一臉嬌羞的搥打著李子，李子則不以為意的夾了菜放進她碗裡。

看到這一幕的育典，毫不掩飾地翻了個白眼。

自從決定親近外公外婆，開始用心觀察起老人們的生活後，她才發現自己的這對外祖父母，和一般人不太一樣。但不太一樣的地方並沒有比較好，而是比普通人來的噁心。默契十足也就算了，還經常旁若無人的打情罵俏，一點都不害臊。

「那個……」育典難掩不耐煩的語氣，打斷梅子說：「到底要祭祀什麼啊？」

「啊呀！就是一年一次……唉呦！妳一起去看看不就知道了。」梅子笑嘻嘻的說：「騎腳踏車去啊！妳不是已經會騎了？」

自從學會了騎腳踏車，育典就不再讓李子接送，而是跟其他同學一樣，每天騎著那台又舊又大的老式腳踏車上學。

剛開始的時候，她還很擔心自己會發生意外，而且還要忍受膝蓋的擦傷疼痛。但現在傷口差不多都結痂了，自己也習慣每天騎車上下學，而且她漸漸享受起海邊小村莊的自然美景，反而覺得自己和腳踏車相見恨晚，明明是那麼沒效率的交通工具……。

育典有點靦腆的說：「是會騎啦！只是沒騎去學校以外的地方……」

「那就今天騎啊！」

拗不過梅子熱情的邀約，加上自已本來就打算一起參加祭祀，和梅子李子增進感情，育典難得配合的說：「好啊！那有什麼好玩的嗎？我聽阿黛說要盛裝呢！」

「可好玩了……」

「哼！」

梅子的話還沒說完，又被李子打斷了。

「哼？」

「沒事，妳外公他一定又聽錯了，妳也知道他耳背嘛！」梅子刻意一臉爽朗，在李子耳邊大聲說道，以報剛剛自己的少女情懷被嘲笑之仇。

「我沒聽錯，我雖耳背，但看妳們的表情就知道了，一定是不屑祭天的儀式，只當作是去觀光玩耍的，對吧？」

看到育典一臉驚訝的表情，李子更肯定自己猜對了。

「現在的年輕人啊！一個個都自以為是，你們以為自己能活著，靠的是自己的力量嗎？自以為拿著工具炸開了山，填平了海，就比自然更偉大了嗎？都不懂得感謝老天爺的恩賜，沒有老天爺的慈悲，你以為自己可以過著吃穿不愁的生活嗎？沒有土地的仁慈，你哪來的米飯吃？沒有海洋的養育，哪來的溫度調節和氧氣？」李子憤慨的說。

育典完全搞不懂外公在說什麼。

她表情呆滯的看著外公。

對育典來說，自然現象就只是自然現象，是理所當然的存在，和老天爺有什麼關係？而理所當然存在的東西，有什麼好感謝的？要感謝的是能開發和利用自然資源的科學和現代發明吧？現在都已經二十一世紀了，哪還有人在迷信那些毫無科學根據的信仰？育典在學校學到的，是經濟效益和效率的重要性，而且農夫耕田、漁民捕魚、工人生產都是為了賺錢，如果不跟他們買產品，那些產品還不是會腐爛浪費？他們才應該要感謝消費者的購買呢！

「我能上學讀書、不愁吃穿，是因為我媽賺錢養我，和自然沒有關係啊！」她語氣生硬，試圖表達自己的想法。

「妳媽能有錢賺，還不是靠剝削自然來的？講到那個不孝女就會讓我想到另一個不肖子，一個個都是沒良心的渾蛋！」

「媽媽才不是沒良心的……」

「她就是！之前還想要我賣了地來投資她創業，好不容易拒絕了，現在另一個不肖子又開始打這塊地的主意！」

聽到李子提起了土地的話題，育典有點心虛的別開視線。她在心中提醒自己，這都是為了幫助開發……。

而感受到李子莫名發了好大的脾氣，從沒和人吵過架的育典，雖然對外公說媽媽的壞話感到生氣，卻還是陷入了不知所措的狀態，她趕緊用眼神向梅子求救。

收到育典的求救訊號，梅子雖能理解李子的憤怒，但這畢竟不是才來住幾天的育典能理解的，梅子靈活的轉了轉眼珠子，語氣溫和的安撫李子。

「好啦！好啦！跟育典說這些，她也不懂啊！我們帶她走一趟，讓她親身體驗一下，再看她有什麼想法嘛！快點吃吧！晚了就趕不上開舞了！」聽了梅子規勸，李子這才閉嘴，專心低頭猛吃午餐。

「開舞？」又聽到了陌生的新名詞，育典困惑的問。

「開舞就是……」梅子傷腦筋的想了想，決定放棄。「哎呀！這很難解釋耶……難得妳外公閉嘴了，快點把飯吃完，等等去了妳就知道啦！」

在李子怒氣未消的沉默中，育典狼吞虎嚥的吃完午飯。

因為被激起了好奇心，她連最後一口飯都還沒吞下去，就含著飯粒趕緊從後院牽出腳踏車，依約載著梅子一起前往祭海廟，而李子已經先行騎機車帶著水果出發了。

「外婆，妳幹嘛不坐外公的車啊！」育典奮力的踩著腳踏車踏板，揮汗如雨的向後頭的乘客抱怨著。

「唉呦！難得小典會騎車了，我想當第一個被載的人嘛！」梅子小心翼翼的抱著一個大包裹，撒嬌的回應著。

「我第一個載的人是阿黛啦！妳已經是第二個了！」育典在心中默默抱怨梅子三八，卻還是認命的使出吃奶的力氣，努力向前騎。

「是喔！」梅子遺憾的說：「真可惜，啊不然我當第一個被妳載一整個下午的人。」

「我不想要這樣的第一！」

育典氣喘吁吁的踩著腳踏車，回想起自己這幾天的努力。

她每天硬著頭皮吃完自己最討厭的醃製海帶芽，早上跟著梅子煮菜、李子下田，壓抑著對梅子每晚都不在家的好奇，乖乖打掃客廳和房間。才沒幾天，兩老就和她親近了起來，一點都沒有想像中的困難，她還以為自己一定要像灰姑娘一樣，任勞任怨才能取得信任。

但看看現在，梅子不僅黏著自己，李子也經常要她幫忙。

雖然遇到了許多她沒做過的事，但為了取信他們，她還是硬著頭皮，展現了和平時的自己毫不相同的耐心和好脾氣，努力完成了那些任務，只是沒想到這卻讓梅子更是得寸進尺，完全將育典當作自己的小跟班，命令她做這做那，彷彿在挑戰她的極限。

面對育典的轉變，梅子大概是最高興的人了。

原本就是個老頑童的她，開始變本加厲的捉弄育典。尤其是當她知道育典不喜歡村子轉角的小雜貨店時，更是三不五時就叫她去那買些醬油和鹽巴！自己要用的針線工具也叫她買。

面對梅子的淘氣，育典毫無招架之力，每次都被耍的一愣一愣的。這次也一樣，明明是聽從梅子的指示，鑽進了「捷徑」，騎在開滿白花的草地旁，感覺卻沒有比沿著海岸線騎要來的近，她已經努力了將近一個小時，卻還是沒有看到目的地！

就在育典覺得自己快要累到癱瘓時，踩著踏板的腳已無法克制的顫抖著，

她又氣又悔，早知道自己就留在家裡解方程式，不要想去參加什麼鬼祭典就好了。

就在育典在心中咒罵的同時，始作俑者梅子正小心翼翼的抱著奇怪的大布包，在後座旁若無人的大聲唱歌。

好不容易到了梅子指定的目的地，祭海廟，育典這才恍然大悟。

「原來你們說的廟就是這……」她有點失望的說。「我還以為是間大廟，竟然是這間毫不起眼的破廟，如果是這裡，我也來過好幾次啦！哪需要走那些「捷徑」啊！根本是繞路嘛！真是的。」

「呸呸呸！小孩子有耳無嘴，亂說話。」梅子趕緊摀住育典的嘴：「不要小看這座廟喔！這廟雖小，但也有一百多年的歷史了，這可是從清朝就留下來的三級古蹟啊！」

「是喔……」育典不以為然的敷衍著，反正這種小鄉村的歷史，考試肯定不會考，她就不浪費腦力記了。

「好了，快點過來，時間差不多了！」

停好腳踏車，梅子趕緊領著育典來到廟旁，李子果然已經到了。

放眼望去，小小的廟前圍著屈指可數的村民，人數之少，連廟都圍不滿。而且都是些上了年紀的老人，手上提著水果和糕餅等祭品，荒涼的程度讓冷漠的育典都不禁想掬一把同情的淚，就在育典這麼想時，身後傳來了熟悉的聲音，她還沒回頭，一雙健壯的手臂就搭上了自己的肩。

「育典！」

果然，黝黑的阿黛和平頭的阿水，手裡也拿著鮮花素果，還扛著一個奇怪的藍色斗笠，跟著出現在廟前。

而他們身後，還跟著班上的同學和一些育典不認識的學弟妹，其中，穿著花襯衫的不就是阿廣教授嗎？怎麼連外地人也來了？

因為這些年輕人的加入，讓原本零星的人數頓時增加了兩倍，人聲逐漸吵雜了起來。

感受到熱鬧的氛圍，育典也跟著興奮起來，但放眼望去，不是老人就是小鬼，中間的年齡斷層明顯的驚人，育典不禁有點在意這樣的現象。

「妳果然來了，真聰明，這可是一年一度的祭典喔！好好享受吧！」

「到底要做什麼啊？享受？有吃的？」

「妳等等看了就知道了！」阿黛壓低了音量，神祕的說。

育典不耐煩的等著，每個人都跟她說等等就知道了，她也只好等了。

就在她無言地對著藍天白雲發呆時，不知何時，原本圍在廟前的老人，通通換上了藍色和綠色的布衣，看起來就像是歌仔戲的演員會穿的古裝，但又顯得更樸素一點，有些上面繡有各種顏色的……螃蟹？育典不禁揉揉眼睛，仔細的瞧了又瞧，沒錯，那些鮮豔的衣服上真的繡著各式各樣的螃蟹，有的還時髦的在蟹螯上鑲水鑽！

以為這樣就完了嗎？育典轉頭發現，李子和梅子更是誇張，他們倆人除了穿著像海般湛藍的布衣，寬大的衣袖上更是繡滿了桃紅色和金黃色的螃蟹，這肯定是桃子的傑作。

育典想起在客廳桌椅上的那些抱枕，一點都不意外桃子和李子的衣服會這麼精緻，但更特別的是，兩個加起來有一百五十歲的老人，頭上卻頂著一顆巨大的亮黃色圓球，和一顆銀白色的星星。

看來梅子懷中那個大布包的祕密就是這些了。

「那……那個……外公和外婆頭上戴的是什麼啊？」

育典忍不住轉頭想問一旁的阿黛，沒想到一回頭，阿黛的裝扮也嚇得她張大了嘴巴。

阿黛和阿水、阿廣還有其他同學，紛紛也換上了白色或黑色的布衣，有些衣服上還繡了精緻的波浪線條，像阿黛的就繡滿了整件。看那些圖案和配色，育典推論，他們應該在扮演螃蟹和海浪，還有其他各式各樣的海灣生物吧！

而阿廣的黑衣上，爆笑的縫上了幾根羽毛，他甚至帶著一頂插滿各式羽毛的草帽，滑稽的和其他同學一起做熱身操。

不知何時，梅子來到了育典身邊，將一件衣服披到她身上。

「小典啊！這件是妳媽以前穿過的，現在就給妳啦！」梅子眨著圓圓的眼睛說：「我還特別為妳繡上新的圖案喔！」

育典低頭一看，果然看見自己的衣服上，繡著和褪色的藍布毫不相配的橘色小螃蟹。

「謝謝……」育典納悶的道謝，卻又突然想起自己原本的打算。「等……等等啊！我不是說了不參加，我只是來看看……」

只見梅子又迅速回到了老人身邊，她親密的和育典沒見過的白髮奶奶黏在一起。

「好了、好了，差不多要開始了！快點過來！」

阿黛不知何時湊到了育典身邊，像往常般自做主張牽起她的手，半強迫的拉著她走進藍色老人隊伍裡。

咚！咚！咚！咚！

不知何時，祭海廟前多了幾個老鼓手，敲著跟他們一樣蒼老的舊鼓，雖然鼓手和樂器一樣零零散散，彷彿海風強一點就被吹跑了。但這些零落的鼓聲卻意外的與海風和諧共鳴，逐漸譜出一陣又一陣悅耳的樂曲。

而圍繞在廣場前的那些老人們，竟然開始配合著鼓聲，跳起奇怪的舞蹈。隨著鼓聲有秩序地叉開雙腿，並跟著鼓聲像螃蟹般橫著走路，邊走邊拍手，圍成了一個大圓。

從藍色的老人群中，梅子和李子逐漸被拱在圓圈中心，有一段時間，老人們只是圍著他們，重複著螃蟹走路的動作。

就在這時，阿黛拉著育典，帶領穿著黑白衣服的年輕隊伍，也跟著鼓聲的節奏穿入了圓圈中心。他們迅速以流線型的隊形包圍住李子和梅子，像極了速度極快的退潮般，將滿月與大螃蟹帶走。

育典心中隱約知道了所謂的開舞，指的就是這個吧！

當李子與梅子被帶離圓圈後，鼓聲突然停止，就在育典以為「舞會」已經結束時，原本老態龍鍾的老人們和年輕人們突然發出歡呼，激動的用盡全力踩踏沙地，發出震震聲響，育典驚慌的摀住耳朵，卻硬是被阿黛拖著一起跺腳，柔軟的沙地溫暖了她的腳。

就在育典開始覺得有趣時，鼓聲加入了合奏，隨著鼓聲，眾人踩踏的速度逐漸加快，快到讓育典覺得自己的腳都要踩斷了，阿黛拉著她的手高舉過頭，並大聲歡呼。

彷彿是歡慶的舞蹈結束之後，圍著圈圈的眾人有默契的散開，又開始了一段新的鼓聲，節奏顯得比較隨意輕快。

育典發現，不知從何時開始，四散在廣場中的眾人其實都在亂跳，毫無秩序可言，除了都像螃蟹一樣橫著走的姿勢以外，有的人扭著屁股，有的人揮舞著雙手。

梅子與李子也和那名頭髮花白的老奶奶一起，三個人手拉著手，一臉高興的亂跳著。

雖然重聽的李子總是比別人慢一拍，跛腳的梅子也總是撞到別人，而那名奶奶更是到處亂撞，但那些老人完全不以為意，應該說，每個老人其實都有點步履蹣跚，也沒啥好介意的吧！

只有年輕人腳步輕盈，在育典自己也沒注意到的時候，她已經跟著同學們跳了一輪又一輪舞步規律又簡單的螃蟹舞。

她一會兒就跟上了其他人，並專注的跟著一遍又一遍的跳著，連上體育課都沒這麼認真！

而老人們在最初的開舞結束後，又跟著鼓聲扭動了一會兒，才慢慢自動回到廟前的樹下休息，將廣場空出來給年輕人。一時間，小小的廣場上，只有幾十道白色與黑色的影子隨著鼓聲井然有序的交錯，畫面很是好看。

有些老人從提袋中拿出水果和茶，開始野餐起來。

阿黛見了，也拉著育典走到樹下，向梅子要了水來喝。

「這大概是最後一次了吧！」一位衣服上繡有白色貝殼的老人，坐在大樹下啃起蘋果，無限唏噓的說。

「對啊！看看我們，老的老，小的小，如果村子發展了，說不定年輕人就都願意留下來了。」

在旁聽了，原本覺得事不關己的育典，注意到梅子和阿黛黯淡的臉色，突然有點難過。雖然她是站在開發那一陣線的，尤其這事關係到她的保送資格，但自己心裡怎麼有點不忍心呢？

「阿伯，別擔心啦！還有我們啊！」阿黛說：「我和我同學都很喜歡跳螃蟹舞，我們每年都會來跳的！」

螃蟹舞，原來是這個名字。

「如果明年祭海廟還在的話，就好囉！」那名穿著貝殼衣的老人說完，默默的開始收拾東西，起身離開。

「結束了嗎？」育典呆呆的看著老人的背影，這才發覺身邊的人也都各自收時起東西來。

「結束啦！」梅子將一顆甜桃遞給育典。

「就這樣？」育典訝異的問。「隨便跳一跳就結束了？這有什麼意義啊？」

「聽說一百多年前，有個村人在海上遇難，後來被這片海岸獨特的地形所救，為了感謝海岸，就發願每年要在祭海廟前跳祈福舞，不知道什麼時候開始，就默默演變成現在這樣了。」

「有夠怪的。」育典說。

「阿廣說，很多傳統一開始都很簡單，後來才慢慢複雜起來。」阿黛走到大樹下，加入了對話，並扶起坐在樹下的白髮奶奶時，育典才注意到，原來阿黛也認識那位老奶奶。

到底老奶奶是誰呢？

就在育典的好奇心膨脹到極致時，彷彿心有靈犀，阿黛扶著老人走到她身邊：「育典，這是我奶奶，奶奶，這就是育典啦！李子和梅子的外孫女喔！」

聽到阿黛的話，奶奶眉開眼笑的說：「喔喔！就是妳啊！我是桃子啦！我經常聽小黛提起妳耶！」老人邊說，邊熱情的向前拉起育典的手：「小黛講話比較直接啦！如果說了什麼不好聽的話，要原諒她喔！」

老人用柔柔的嗓音說著，但育典忍不住翻了個白眼，因為阿黛何止講話直接，動作也直接，讓她抱怨的地方太多了，她都不知從何說起。

當老人湊近育典，育典才發現老人的雙眼都是白的。

「外婆有白內障啦！她要走很近才看的到一點影子，抱歉喔！」

面對阿黛客氣的態度，讓育典有點不舒服，感覺自己被當成了外人，雖然她的確就是，但平常不都顯得很親密嗎？剛剛還一起跳了奇怪的土風舞，幹嘛現在要裝客氣啊？這是否代表她還沒有得到他們的信任？

「桃子啊！妳見過我們家小典了喔！她很乖喔！」和老朋友們閒話家常結束，梅子也一跛一跛的來到她們身邊：「趁著天還亮著，我們趕緊回去煮飯吧！」梅子催促著說：「小典，快點把腳踏車牽過來，回去囉！」

育典在心裡嘆了一口氣，對喔！都忘了還要載著外婆騎一個小時的車回家，還沒出發，她就感到雙腿發軟。

「喔……」她哀怨的回應著。

見到阿黛也牽好了腳踏車，扶著桃奶奶坐上後座後，也坐上腳踏車的梅子抓著育典的腰，催促著她：「小典，快點跟上阿黛啊！」

「欸？幹嘛跟著她？」

「當然是要跟她們回去啊！每年祭海儀式結束，都會到桃子家吃飯，這在桃子的老伴，還有她兒子媳婦還在的時候就固定下來了，不要跟丟了喔！」

敏銳的育典聽到梅子的回答，不禁邊騎車，邊好奇的問：「阿黛的爸媽都在外面工作喔？」

「唉！妳這傻孩子，不是啦！」梅子遺憾的說：「是都過世了，現在只剩阿黛和桃子相依為命……」

育典聽了，難得閉上了嘴巴，乖乖踩著腳踏車，緊跟著再熟悉不過的阿黛背影，一起來到她們家。

這是育典第一次到阿黛家。

開學一個多月來，育典可是標準的好學生，一放學就馬上回家，乖乖坐在書桌前溫習功課。可惜這樣還是沒辦法讓她在線上模擬考得到好成績，只好依靠其他方式，想到自己目前的處境，她不僅感到心酸。

收拾起心情，她趕緊將注意力放在眼前的阿黛家。

阿黛家和外婆家很像，都是樸實的水泥平房，不過門前的矮牆卻爬滿了許多鮮艷的炮仗紅，時值炮仗紅花季，從遠處看，火紅的爬滿了整面牆，顯眼的讓人一眼就發現。

跟著阿黛和桃奶奶進了院子，將腳踏車停在院子裡，育典毫不意外的注意到，就像外婆家，小庭院裡也種滿了各式蔬果。而梅子更是熟練的一馬當先，提著蔬果就走進了屋內，一點都不像是客人，育典有點害羞的等到阿黛招手，才跟著她們進入屋內。

一進屋，李子竟然已經在屋內了。

他扯著大嗓門招呼著她們：「怎麼這麼慢？我都切好菜了，等到不耐煩了啦！」

「你這死老頭，你以為我們跟你一樣，騎的是機車啊？還不是育典慢吞吞的，才拖得那麼晚！」

育典試著為自己辯解：「外婆，不是我慢，是妳很重耶！」

「好啦！育典第一次來，阿黛，妳帶她到處走走。」眼見梅子伸手叉腰，看來是打算為自己的體重護航，桃奶奶趕緊出聲打圓場，轉移梅子的注意力。

阿黛收到指令，機靈的一把捉住育典的手，拖著她就往外走。

「喂！我給妳看個好東西！」

就這樣，育典根本還來不及仔細打量屋內的陳設，又被阿黛急急忙忙的拉到屋外。

她們沿著屋旁的小徑來到後院，雖然格局類似，但和梅子家不同的是，阿黛家的後院是片雜草叢生的荒地，遍地長滿了高至膝蓋的野草，只有一條看起來因為經常走動而被踩出來的小徑可供行走。

她們沿著小徑，漫不經心地走著。

「喂！這會通往哪裡啊？」

「妳偶爾也閉上嘴巴，乖乖的跟著嘛！」

就在育典還想回嘴時，小徑的盡頭出現了一棵大樹，是棵老松樹，長得又高又壯，鬚根光榮的掛滿了整棵樹。樹下，垂著一個木板和麻繩做的鞦韆，正隨著午後的微風輕輕搖盪，頗優閒自在。

育典目瞪口呆地看著這彷彿電影裡才會出現的場景，讚嘆地說：「好酷喔！妳家有盪鞦韆耶！」

「不錯吧！」阿黛得意的說。「這是我爸做的，他手很巧，什麼家具都會做，屋內的桌椅也都是他做的！妳剛剛有看到吧？」

「我才剛進去就被妳拉出來了，哪有時間仔細看啊！」

「喔……反正妳以後會常來，有的是時間看！」

「我為什麼會常來？」

「妳不是也跳了舞嗎？」

「那又怎樣？」

「梅子會約妳參加祭典，還讓妳一起跳舞，就是把妳當自家人了，那表示以後梅子要過來的時候，會問妳要不要一起來囉！」

「是喔……」育典有點鬱悶的回答。

她以為自己已經和外公外婆很親近了，沒想到還要一起跳個舞、兜個風才算是自家人……不過對有求於人來說，這還算是輕鬆的了，她不禁回想起補習班的好友和同學們，每次有事拜託，還要請客跑腿，又是交換條件又是約法三章，再三拜託她們才願意幫忙……而親近倆老雖然花時間，起碼自己還算樂在其中。

「啊！每次吃晚餐的時候，外婆都不在，原來是跑到妳們家來了！對不對？」育典突然恍然大悟的問道。

「嗯……還好有梅子……自從爸爸過世後，奶奶眼睛就開始不好，所以梅子每天都會過來幫忙，順便教我做菜……」

「我聽外婆說，妳爸媽……很早就過世了？」育典小心翼翼的問，擔心會誤觸阿黛的痛楚。

一項活力十足的阿黛，此時難得露出了惆悵的表情。「嗯……媽媽是我出生後不久……爸爸是四年前……」

「欸？那不是正好要開發那時……」育典脫口而出，卻瞥見阿黛緊皺的眉頭，趕緊閉上嘴巴。

「嗯……如果不是因為那場開發，我爸也不會……」阿黛顯得欲言又止，最後硬生生的將到嘴邊的遺憾吞了回去。「這邊很舒服喔！我心情不好的時候，都會到這來，吹吹風、曬曬太陽，妳坐坐看。」

她揮著手，示意育典坐上鞦韆，育典點點頭，決定不再追問，她靦腆又小心翼翼的坐上鞦韆，木板做的椅子樸素扎實，感覺得到木頭的溫暖。

她身後傳來阿黛的聲音：「坐穩囉！」接著背被推了一下，她就這麼順著風飛了起來，然後又是一下，再一下，鞦韆越飛越高，但很久沒玩鞦韆的她竟不覺得恐怖，一想到有阿黛在後面支持著她，反而讓她充滿安全感，莫名有種放鬆自在的感覺。

她們玩到太陽變成了橘紅色，天色微暗，屋內都點起了燈，並傳來了梅子的呼喊，才依依不捨的離開老樹與鞦韆。

在門口迎接的梅子，好不容易等到兩位丫頭時，意外的發現兩人的氣氛不再像之前那般尷尬。以前，一個總是擺著臭臉，一個則開朗過頭，完全不顧對方意願，現在的兩人，顯得親密了許多。

「李子，妳還記得她們兩個小時候，是多麼的形影不離嗎？就好像真的姐妹一樣。」梅子笑得合不攏嘴，得意的詢問著身邊的老伴。

「啊呀！當然記得，不過她們好像都不記得了……」

兩位老人直盯著走回來的少女們，笑得讓育典頭皮發麻。

「幹嘛一直盯著人看啊？」

「沒事、沒事。」梅子笑咪咪的說：「快點幫忙收拾桌子，洗手吃飯了！」

走進廚房，就見桃奶奶摸索著桌沿，擺上了碗筷。

餐桌上，擺滿了食物，有薑絲南瓜、涼拌茄子、木耳炒花椰菜，當然也有育典最不敢吃的醃製海帶芽，明明她已經很努力適應了，但在她眼中，那盤黑色的物體散發的味道依舊令人不敢恭維。

「好了，別站著，快坐下來吃吧！」桃奶奶催促著。

跟隨著大家入座，接過阿黛傳過來的飯碗時，育典詫異的發現，自己現在正和所謂的家人和朋友一起吃飯。

「桃子啊！給我醬油。」

「李子，我也要。」

「阿黛，多吃點木耳。」

圓桌上的眾人互相照應著，眼前日常的場景，也是育典只在電影中看過的。

育典突然覺得胸口悶悶的。

從有記憶以來，育典一直都是一個人吃晚餐，買便利商店的便當或路邊的小吃。有時坐在電視機前，邊看新聞邊打發一頓飯，有時則在補習班的休息區草草解決，即使媽媽有空，也是久久才能一起吃頓飯。而來到鄉下，因為梅子晚上不在，李子又吃得很快，所以她還是一個人在餐桌上，快速吃完飯，趕緊回房間複習功課。

她從來不知道，原來有人一起吃晚餐，是件這麼溫暖的事，簡直可以說是快樂了。

育典一邊將臉塞進碗裡，一邊努力克制自己莫名泛淚的眼眶，

「喂！妳怎麼整張臉都塞進碗裡了？有這麼好吃嗎？」阿黛訝異的問。

「嗯嗯！對啦！」育典慌張的回應著，卻換來大家哄堂大笑，但就連被嘲笑了，也讓她覺得溫暖。

晚餐就在柔和的光線與歡笑中度過。

育典和阿黛兩人默契十足，分工合作收拾好碗筷。客廳裡，李子早已泡了茶，在樸實的木桌上擺水果。

育典這才有機會好好打量客廳，牆上掛有幾張泛黃的老照片，有幾張在海邊拍的，育典感到莫名的眼熟。但她的注意力馬上就被獎狀和聘書吸引，阿黛的父親儼然不只是個巧手達人，原來也是名生物學家，牆上掛著他和許多政治人物的合照和簡報。

「阿黛，妳爸很有名嗎？」

「咦？還好吧！」阿黛不以為然的說：「不要看獎狀啦！那都是擺好看的，這才值得看！」阿黛完全不理會育典的讚嘆，反而招手叫她注意破爛的木椅。「這張木椅可是我們家最重要的寶物呢！」

「什麼啊！就這爛椅子？」

「這爛椅子可是我爸花了三個月，一刀一刀的用手工雕出來的喔！」

經阿黛解釋，育典才發現椅子上刻了一幅畫，在映著月光的沙灘上，有許多隻螃蟹成群結隊攀爬上岸。

「這就是那個……守護蟹？」

「對啊！這就是守護蟹，上次妳不是說會幫我找嗎？守護蟹就長這個樣子，妳可要好好記住喔！」

育典再次看向那破爛的木雕，心底默默將守護蟹有點圓的身形，一大一小的鉗子等特徵牢記下來。明明自己只是隨口說說，但現在卻真的努力在認識那陌生的小動物，連她也說不上是為了什麼。

「等到我找到活生生的，這木椅就沒用了！」育典開玩笑的說。

「哈哈！那就看妳的啦！」

阿黛與育典兩人相視而笑，育典默默有種奇異的感覺，彷彿與阿黛相識已久，但這不可能啊！她和阿黛才認識幾天而已。

離開阿黛家，月亮已高掛在天空中。

在路燈的照射下，她第三次帶著梅子，奮力的騎在回家的路途上，或許是吃飽的緣故，她不再覺得梅子重，只覺得回家的路變短了。而且一想到，體育成績總比及格高一點的自己，竟然可以連續一整天載著外婆到處亂跑，讓她莫名的有點小得意。

「那個……外婆，下次，我還可以……一起去阿黛家吃飯嗎？」育典小聲的問。

「唉呀！小典想一起去吃飯啊？當然好啦！原本不想打擾妳念書的，那明天開始，妳就跟我一起過去吧！」梅子依舊不改俏皮的眨眨眼，向育典許下了約定。

呢！

「喔……」育典靦腆的笑著。

其實，如果不是梅子提醒，育典這才發現自己一整天都沒想到念書的事

經過這天密切的相處，一起跳舞和騎車留下的汗水味還殘留在衣服上，樹下鞦韆的觸感也還殘存著，齒縫中還卡著晚餐的海帶芽……還有和阿黛的約定。

育典發現自己不想欺騙外婆和阿黛，還有請她吃飯的桃奶奶，以及切水果給她吃的外公，不想去偷任何人的東西，不想成為背叛者……明明……她自己不久前還很看不起鄉下，看不起他們，怎麼現在卻變得多愁善感起來？還花了那麼多時間在毫無意義的猶豫上？

此時，她驚訝的發現，自己正猶豫著是否該拒絕舅舅的要求，猶豫著乾脆努力放手一搏，即使沒上，就改考其他學校嘛！或許媽媽不會介意？

就在育典暗自煩惱的時刻，她們已經順利回到了家中，就這麼巧，才剛踏進客廳，長椅旁的老舊電話突然響起，因為太過難得了，所以大家都嚇了一跳，還是梅子提醒，育典才回過神來，接起了離自己最近的電話。

「喂？欸！媽媽！」育典開心得幾乎要跳了起來，她一臉興奮的聽著電話那頭，久違的母親聲音。

「嗯嗯！有哇！有啦……欸……喔……媽，我還是……喔……喔……」

沒一會兒，育典掛斷了電話，梅子趕緊湊了過來：「怎樣，妳媽有說什麼？」

「嗯！提醒我好好念書……」育典垂頭喪氣的說。

「還有呢？」

育典搖搖頭：「沒了。」

梅子憐惜的看著唯一的外孫女，嘆了口氣說：「欸！妳媽就是這樣，我從小看她長大……妳也不要放在心上。」

育典原本想和媽媽討論她剛剛的煩惱。

想知道如果她沒考上第一志願，她是否還能得到媽媽的支持？

但電話那頭，媽媽一如往常的提醒著她，要以第一志願為目標，考取最高學府才有人人稱羨的幸福人生。媽媽打算等她高中畢業，就送她出國留學，培養國際化的視野，她時時提醒自己，要贏在起跑點，所以一定得進第一志願，否則她的人生就完蛋了。

媽媽為她做了很多規劃。

這是她第一次，對媽媽的聲音和規劃感到厭煩。

她知道自己不可能考上第一志願，在聽到媽媽充滿期待的聲音後，她決定，還是得完成與舅舅的協議，那是她唯一擠進第一志願的機會……而且媽媽會生氣，她不想違背媽媽。

她回頭看著一如往常在客廳的檯燈下刺繡的外婆，還有認真看書的外公，她在心裡默默道了歉，麻木的走回房間。

七
桃奶奶的拿手菜

清晨的菜園裡，不見李子身影，取而代之的，是嬌小的育典穿著不合比例的橡膠工作靴，戴著大大的斗笠，手裡拿著水管無精打采的在為菜苗澆水的身影。

一切都是因為下了決心，育典有點鬱悶的想著。

自從那晚和媽媽通完電話，自己決定繼續尋找文件之後，她就一直感覺胃和肩膀都沉甸甸的，自己也沒多大的心思複習模擬考。

她一再的說服自己，即使和外公外婆、桃奶奶和阿黛一起度過的時光很快樂，但在自己的生命中，陪伴了她大部分人生的還是媽媽。為了和媽媽一起完成她的生涯規劃，過上人人稱羨的幸福人生，她還是決定幫助舅舅，協助村子開發。

育典無奈的看著自己手上的水管。

這是她為了獲得外公外婆信任，連續好幾天早起，順利爭取到幫忙做家務的資格。

原本排斥的勞動，做了這麼多天，她其實已經不再厭惡了。

因為每次農作的時候，外公外婆都會陪在身邊和她聊天。

或許外公外婆這幾天的陪伴，加起來都超過媽媽跟她說過的話了。

「外公！這樣可以了嗎？」育典努力讓自己的腳穩穩踩在濕滑的泥地上，向遠在菜園另一邊的李子呼喊著。

「什麼？」

「我說，這邊都澆過了，這樣可以了嗎？」

「那邊也要澆！」

育典瞥了眼李子用手指的地方，考慮了一會後，猶豫的說：「可是我要遲到了！」

「什麼？」

「我說，我再不去學校，就要遲到了！」

「喔喔！那妳快點去，放學回來再給妳新的工作。」李子一臉爽朗的比了比牆角的堆肥，示意她下午的工作，再以無比閃耀的微笑向外孫女揮手道別。

看到外公一臉期待，育典還是忍不住翻了白眼。

雖然喜歡和外公一起農作，但外公好像誤以為自己和阿黛一樣強壯，分配給她越來越多的工作。除了每天早上灌溉的工作，看樣子，似乎連之後施肥的例行公事，也打算一一傳授給育典。

可是育典根本不打算成為農夫，她的目標是第一志願，過上人人稱羨的幸福生活，農事的知識對她一點幫助都沒有啊！

育典沒有意識到，自己在不知不覺間，已經不再是事事效率第一的態度，逐漸融入了務實的鄉村生活。

「唉……」育典邊俐落的收著水管，邊嘆了口氣。

至於梅子，發現育典還算孺子可教，更是信任地將準備早餐的工作託付給她。在育典澆菜時，梅子就將要煮的食材準備好放在桌上，然後她就開心的出門了。根據育典猜想，大概在她還沒來之前，梅子和李子恐怕連早餐都在阿黛家吃，是因為顧慮到她的關係，所以才暫時回自己家吃吧！

說到底還是自己活該，為了討好老人家，特意幫忙下廚和農事，經過最早的意外後，她發揮了自己還算優秀的學習能力，一一記下了家務的重點和技巧，硬是雞婆多幫了幾次家務，也算是得到兩老的認可吧……沒想到卻因此獲得更多的工作，搞得自己念書的時間變少，她都不知道這算是有效率還是沒效率了。

育典脫了橡膠鞋，一回到前院，就看見正要出門的梅子，她趕緊出聲喚住外婆。

「外婆！」

「育典啊！怎樣？不快點去煮早餐吃，妳會來不及上學喔？」

「外婆才是，妳要到阿黛家？」

「對啊！我要帶補好的衣服去給桃子啦！」

「我也要去！」

「說什麼傻話？」梅子驚訝的看著女孩：「那邊是學校的反方向耶！妳這樣不順路啦！」

「我可以早一點過去啊！阿黛不也是這時候才出門？」

「可是妳連早餐都還沒吃？」

「我們一起去阿黛家吃啊！」育典打定了主意要死黏著外婆。

她希望能快點收集到文件的下落，免得自己又開始猶豫起來。

「傻孩子，去阿黛家吃哪來得及上學？」梅子取笑的說：「阿黛都是自己做早餐的，現在恐怕都吃飽出門了。我是要去找桃子聊天，妳不上課，要跟我們這些老太婆一起聊天喔？」

「欸……我才不要……」

「那還不快點去準備，不然就要遲到了！」

「喔……那晚上我也要去！」

育典只好先預約了晚餐，並迅速回到屋內，準備自己和李子的早餐。

經過梅子連日來的指導，育典已經能煎出破掉的荷包蛋，半生不熟的蒜炒高麗菜，荷包蛋裡偶爾還夾雜著蛋殼，高麗菜有時完全沒熟……偶爾她還會做些變化，將豆干一起放入拌炒，做出味道詭異的料理……

但李子什麼話都不說，總是一臉豪邁的吞下肚，甚至會大聲誇獎她，讓育典越做越有信心，這是她寫錯答案時，從來不曾有過的鼓勵。

她還記得，國一的時候曾經因為寫錯基礎題目，就在全班面前被老師責罵，她從此戰戰兢兢，就算出錯也遮遮掩掩，不敢讓人知道。

煮出失敗的食物也不會被罵，反而讓她不再害怕嘗試，甚至躍躍欲試。

育典中午的便當裝的就是自己早上做的菜，她看著餐盒裡一片狼藉的失敗食物，如果將這些毫無意義的「學習成果」告訴補習班的同學，她一定會被嘲笑到民國兩百年……育典一邊將炒到有點焦黑的青菜裝盒，一邊鼓勵自己，反正吃到肚子裡都一樣……

匆匆吃完早餐和包了便當，育典熟練的踩著腳踏車來到學校，就在牽腳踏車進車棚時，剛好遇到了也正在停放腳踏車的阿黛。

「今天晚上要不要過來吃飯？」

「要啊！剛剛跟外婆說的時候，外婆還想排擠我，一副我是跟屁蟲的樣子。」育典一臉無奈的抱怨著。

至從那次一起盪過鞦韆，育典就將僅存的防備心都卸下了，和阿黛兩人完全成為了好友，只是無法承擔輔導風險的育典，在校內還是刻意和她保持距離。她偶爾想起時，曾問過阿黛，為什麼要做這麼吃力不討好的事，不惜和村長及生活輔導組玩躲貓貓，也堅持要辦環保講座？

面對育典的提問，阿黛總是顧左右而言他，還說是怕育典覺得她太像笨蛋。其實育典一點都不在意，因為阿黛是個笨蛋是人盡皆知的事，沒啥好躲藏的。

「那妳差不多該告訴我，到底為什麼要辦那些講座了吧？」

「欸……這說來話長，我很難一下說清楚耶……」阿黛說：「先不說這個了，晚上我奶奶要做菜喔！」

「桃奶奶要做菜？」育典驚訝得差點把其他腳踏車撞翻，她趕緊站穩腳步，一臉狐疑的望著阿黛，強烈懷疑阿黛騙她。

「對，因為奶奶眼睛不好，所以我當她的助理，這樣妳相信了吧！」

「原來如此。」育典理解的點點頭。

「今晚就讓妳嘗嘗，奶奶的獨家配方吧！」

「該不會又是醃製海帶芽之類的吧？」育典驚慌的問。

自從她為了討外婆歡心，努力嚥下自己排斥的海帶芽後，海帶芽從此成為餐桌上的必備餐點，讓育典悔不當初。

「反正妳來了就知道囉！」阿黛無視育典的恐慌，一如往常的賣著關子。

育典和阿黛一同回家時，已是傍晚時分。

那天是滿月，月亮還沒升空。

她倆聽話的在院子間擺起碗盤，在這北回歸線以南的熱帶地區，初秋的夜晚依舊燥熱。滿月的夜晚，家家戶戶都喜歡在室外點起蚊香，乘涼順便晚餐。

今天，阿黛家便是將餐桌搬到了院子裡，甚至拿出小瓦斯爐，連砧板和食材都拿了出來，最後拿了個大湯鍋，理所當然地擺在小瓦斯爐上。

「又不是露營，幹嘛在家門口煮大鍋菜？」話雖這麼說，但育典從來沒有露天野餐過，她難掩高興的表情，微笑問道。

「每個月的滿月，我們都會在外面野餐喔！」阿黛落寞的說：「之前還會到海邊去，不過最近奶奶身體比較不好，所以就在院子裡……」

「妳怎麼啦？」育典好奇的問。「不舒服？」

「沒事啦……」

阿黛撇過頭不理育典，專心聽桃奶奶的指示，處理起食材來。

已經習慣了阿黛的欲言又止，育典不再理她，開始幫忙桃奶奶磨蒜和洗菜，沒一會兒功夫，小瓦斯爐上的鍋子裡，已裝滿了蔬果，最後再依奶奶指示，放進了數種不同的香料和新鮮植物。

「欸！沒有要放肉嗎？」育典看著在鍋中翻滾的洋蔥，好奇的問。

「今天吃素喔！」

「喔……」

看到育典失望的表情，阿黛趕緊安慰她：「妳等等吃了就知道，這蔬果香草湯可是奶奶最拿手的料理，有肉反而會破壞味道。」

「喔……」

在等待湯煮沸時，育典又聽從梅子的吩咐，準備了茶葉與開水，看來吃飽後，是要悠哉的泡茶賞月吧！

「小典，妳到廚房來一下。」梅子在屋內大聲呼喊著。

育典趕緊跑進廚房。「外婆，怎麼樣？」

「把杯子拿到外面去……」梅子指著櫃子內，大家平常用慣的的馬克杯說道。看育典聽話的整理著馬克杯，她想了想，又說：「櫃子最上面，好像有托盤，妳找找看……」

育典踮起腳尖，用手摸索著櫥櫃的最上層。

「外婆，沒有耶……只有一個牛皮紙袋……」

「欸……地契原來放在這邊喔！」梅子一臉恍然大悟的說：「放太久我都忘了……」

相較於梅子的理所當然，育典聽了卻大驚失色，還差點將懷裡的馬克杯通通摔出去。

她表情狼狽的捧著馬克杯，心裡的震驚不亞於自己得到模擬考第一名時，既不可置信卻又滿心歡喜。

她不禁想到，真的這麼簡單嗎？這應該等同於企業機密之類的訊息吧？這麼簡單就告訴了她，這樣好嗎？

「小典？妳還好嗎？」梅子擔憂的看著姿勢滑稽育典。

「欸……沒事……」

「啊！托盤在這裡啦！」梅子從碗槽邊抽出一個木製推盤，高興的遞給育典。「有托盤就方便多了，妳就把這些杯子拿出去吧！等等妳外公要煮他拿手的桔子茶給大家喝」

「好……」

目送梅子蹣跚的背影離去，育典獨自一人站在廚房，依舊姿勢怪異的捧著馬克杯，卻表情複雜的盯著櫥櫃上方。

她覺得口乾舌燥，不禁吞了吞口水。

她默默將馬克杯放在剛剛梅子擺在流理台邊的托盤上，依序擺放整齊。最大的杯子要給阿黛，因為她喝水的分量是一般人的兩倍；粉紅色的杯子是梅子專用的，上面還有白色的小圓點；李子的專用杯是陶杯，簡單樸實；在一片馬克杯中，特別顯眼的是白色的英式紅茶杯，那是桃奶奶的愛杯，杯子上的精緻細紋完全凸顯了她纖細的個性；而育典的杯子，是個全黑的普通杯子，沒有任何花紋，毫不起眼，容量適中，耐髒，就算有沒洗乾淨的茶漬也看不出來。

育典再次墊起腳尖，憑感覺摸索著櫥櫃上層，直到摸到那有點粗糙的牛皮紙時，她愣了一下，卻還是一把握住了牛皮紙袋，將它拿了下來。

那裝著自己幸福的未來，和村子開發關鍵的文件，現在就在自己懷裡了。

育典顫抖的打開紙袋，拿出文件，「土地權狀」等字眼映入眼簾。

竟然這麼簡單就找到了，育典瞪著那些工整的印刷體發呆。

她機械式的將文件放回信封，並擺到托盤底下。

她感覺自己的心跳聲彷彿充斥著整個廚房，她的手心和臉上都被自己的汗水浸濕了。

她有點不知所措的呆站著，直到身後的敲門聲嚇得她猛然回神，一轉頭，阿黛站在廚房門口，表情困惑的看著她。

「怎麼了？杯子不夠？」

「嚇死我了！」育典摸著胸口說：「幹嘛不出聲啊！」

「我不就敲門了？」

「做什麼啦？」

「來幫忙拿東西啊！」

「喔……喔……我一個人就可以了！妳去幫妳奶奶啦！快去！」

育典伸手推著阿黛的背，硬將一臉莫名奇妙的她推出了廚房。

阿黛離開廚房後，育典心虛的摸著托盤底部，而那牛皮紙彷佛會燙手般，炙熱的啃咬著她……明明是對自己未來很重要的「紙」，現在就皺巴巴的躺在手上，育典卻發現自己一點都不開心，甚至感到沉重不已……

趁著大家還在忙著打點食物時，育典悄悄的將牛皮紙袋放進了背包裡。

桃奶奶的拿手菜果然不負盛名。

在皎潔的月光下，他們愉快的圍坐在前廊，攜帶式瓦斯爐燃燒著溫暖和諧的小火，適度的提供溫度給晚餐的主角。

在湯鍋中持續悶燒的蔬果香草湯又甜又香，食材豐盛的蔬菜高湯越喝越濃郁，而燉煮到入口即化的蔬果則讓人唇齒留香，滋養了因懷念故人而感傷的心。

有一段時間，晚餐的氣氛顯得靜謐，圍著湯鍋的人們只是安靜的喝著湯。

等大家的胃都滿足到不能再滿足後，李子將湯鍋從瓦斯爐上卸下，擺上了裝滿金桔的水壺。

等到水滾，李子熄火，將茶葉包放進壺中，然後放入幾把黃糖，就完成了。

李子的桔茶酸中帶甜，金桔的芳香充滿了口鼻。

梅子削了蘋果、鳳梨、芭樂和甜桃當飯後水果。

這一定是鄉村獨有的月下野餐吧！育點恍惚的想著，可惜，她卻食不知味。滿頭白髮的桃奶奶和全身上下都閃耀著粉紅色的外婆，滿心歡喜的回憶著往事。

當她們聊到阿黛過世的父親和母親時，語氣中帶著懷念與不捨。

育典安靜卻麻木的聽著。

「今天就到這啦！」

「育典？」

「啥？」

「收拾啦！妳吃撐啦？」

「哈……哈哈……對啊！我吃超飽的……哈哈……」

育典腦中還播放著自己剛剛做的事。

她茫然的看著梅子一跛一跛的將碗筷收進屋內，李子敏捷的整理前廊，桃奶奶則在阿黛的攙扶下，回到客廳休息。

明明是日常一景，她卻胸口鬱悶，有種想哭的感覺。

「好了，走吧！」

不知何時，阿黛已將泡好的茶裝進了保溫瓶內，牽了腳踏車在門口等育典。

「走？去哪？」

「剛剛不是說過了嘛！我們要去沙灘啊！本來每個月都會到海岸邊野餐，不過奶奶身體越來越不好，所以就取消野餐了，不過還是要去喔！」

「喔……」

「我載妳吧！上車！」

「喔……」

育典困惑的跨坐上腳踏車後座，在皎潔的月光下，迎著涼爽的海風，一起向海岸出發。

八 海岸守護者

阿黛將腳踏車停在海岸邊，她拿著保溫瓶，和育典兩人肩並著肩，沿著被防風林包圍的小徑，一同走進灑滿月光的沙灘上。

此刻離漲潮還有段時間，逐漸升高的海水安靜的依循著自然法則，在沙灘邊震盪著。

阿黛一言不發，慎重的走著，如同留在沙灘上的腳印一樣沉默。

育典默默的跟在後頭，即使遲鈍如她，也能隱約感覺到，今晚是個特別的日子，否則平時總是興致高昂的阿黛，不會如此安靜。

她耐著性子，安靜的跟在突然間變老實的阿黛身後。

「小典！這邊！」

原本安靜的阿黛，突然像發現寶物般高興的向育典揮手，育典趕緊踩著沙小跑步過去。

她倆站在沙灘的盡頭，再往前，就是礁石區和崎嶇陡峭的海崖了。

「妳看。」

阿黛指著被月光映照的閃閃發光的海岸說：「這是只有滿月的夜晚才看得到的喔！」

順著阿黛的手，育典望向海岸，她驚訝張大了嘴：「這個是……」

阿黛點點頭，說：「上次有跟妳說過守護蟹的故事了吧！」

「原來如此……」育典敬畏的說。

沿著被月光照亮的海岸望向海裡，海岸的稜線剛好呈現出一個巨大的螃蟹，螃蟹的腹部對著海邊，舉起的鉗子則斜斜向上對著天空，彷彿守護著在它身後的小村莊。

阿黛在最靠近沿岸礁石的沙灘邊，找了塊岩石坐下，育典也手腳並用，跟著爬上了岩石，坐在她身邊。

「小時候，我爸經常會帶我到這個沙灘玩。」

阿黛輕聲地說：「他會指著那片海岸說，『阿黛，那就是海岸守護者喔！』」

「海岸守護者……」育典莫名的熟悉這個名詞。

「爸爸說，那片蟹型海岸其實是遠古時期的巨大螃蟹變成的，為了從貪得無厭的鋼鐵怪物手中保護村莊，守護著能讓大家安心生活的乾淨環境，所以就鎮守在此。為了防止怪物再度偷襲，巨蟹就將自己的子孫遷移到此定居，那些子孫就是現在的守護蟹了。」

聽阿黛這麼一說，育典腦中突然上演起螃蟹大戰鋼鐵怪獸的畫面，不禁噗哧了一笑，她趕緊摀住嘴，偷覷著阿黛的反應，想不到阿黛看到育典偷笑，也跟著笑了起來。

「哈哈哈！只要一想到那個畫面，就覺得很有趣吧！」阿黛邊說，邊揉掉眼角的淚水：「爸爸就是這樣的人，因為我媽過世的早，所以他很努力的想辦法父代母職，努力逗我笑。妳看，如果歪著頭，從這個角度看，是不是也很像摔倒的變形金剛呢？」

育典學阿黛一樣，慢慢的將頭向左調整成四十五度，果然看到了變型金剛摔倒，而且還是頭朝地，雙腳朝天的滑稽模樣。

「真的耶！好笨喔！哈哈哈哈！」

「就是說啊！哈哈哈哈！」

兩個女孩一掃先前的靜默，相視大笑了一陣。

「老爸就是這樣的人，老是在搞笑，所以他過世之後，我們每次想起他，就決定要以他的方式懷念他。奶奶說，眼淚都在喪禮的時候哭完了，接下來，我們每次想到爸爸時，就要想到他最讓我們開心的那些事情。」

「喔……」

「爸爸喜歡偶爾和親朋好友一起到海邊野餐，煮大鍋菜、喝茶聊天，所以我們每個月都會挑一天，差不多就是月中吧！大家聚一聚，聊天、喝茶。」阿黛笑著說。

「所以今天才吃素啊！」

「對呀！其實我爸媽都吃素，這也是為了紀念他們囉！」

「妳爸是怎麼過世的？」

看到阿黛又恢復了平常有活力的樣子，育典鼓起勇氣，提出了她一直很在意的問題。

阿黛直視著育典，挑眉問道：「妳這麼有興趣啊？」

「也不是啦……」

看到育典低下頭，一臉慚愧的樣子，阿黛嘆了口氣，說：「反正也不是祕密，跟妳說也沒關係。妳知道四年前，村子也曾有開發的提案，就跟這次的開發案是同一個公司。」

育典想起舅舅在那間豪華的飯店和她說過的事，不過當時舅舅並沒有明說開發中止的原因。

她點了點頭。

「開發公司的人來到村子，說這裡很適合蓋度假村，還說可以促進村子的經濟發展，讓大家都有工作，也讓在外地的年輕人回來……」

阿黛說的，都是育典已經從舅舅那聽過的話，而她也深感同意，開發就是件好事，不知道阿黛和外公外婆在反對什麼？

「那時候，爸爸是在這研究這片海岸和守護蟹的生物學者，如果海岸開發了，生態就會被破壞，到時候，不只是守護灣會消失，守護蟹也會跟著絕跡……，所以爸爸堅持反對……，阿廣是爸爸的大學學弟，知道這件事之後，也反對海岸開發，所以他們兩個人組了在地的環保團體，定期舉辦環保講座。」

「那不就跟現在一樣？」

「對，可是那時候的狀況和現在不同。」阿黛語氣陰沉的說：「那時候，環保的議題很受大家的歡迎，講座場場爆滿。」

「那現在怎麼會這麼反彈？」育典不解的問。

「因為有的村民看到鄰村開發成功的關係吧！現在想想，那應該只是因為還不知道開發了會怎樣，因為不確定，所以沒有人敢勇敢改變，反正先反對了再說……」阿黛露出與她向來給人的活力印象不符，陰沉的說。「雖然村民那時還算齊心抗議，但政府的環境評估卻通過了，開發案勢在必行……」

果然跟現在很像……育典不禁打了一個寒顫，不安的想著。

「直到爸爸想到，他可以證明這片海岸是守護蟹重要的保育地，如果破壞了海岸，那此地特有的守護蟹品種也會絕跡……可是……其實那時候，就已經很難看到守護蟹的蹤跡了……要找也不是容易的事……」阿黛憂鬱的說：「為了收集更多守護蟹的蹤跡，就在這個海邊，和今天一樣的滿月，爸爸像往常一樣來到這裡……後來……就在也沒有回家了……」

雖然時隔四年，但阿黛說起往事，依舊帶著鼻音，她吸了吸鼻水。

被她的情緒感染，育典也感覺眼眶濕潤了起來，她趕緊偷偷用手背抹掉眼淚。

「爸爸失蹤的事傳了開來，還動員了很多警察搜救，村子的人也來來回回找了很多遍，可是都沒有爸爸的消息……大概過了一個月後，爸爸隨身攜帶的

裝備被海水沖上了沙灘……」

阿黛閉上眼睛，那天的記憶還清清楚楚的刻印在腦海裡。

當時年僅十歲的她，還不太了解死亡的意義，但懷抱著哭倒在沙灘上的奶奶，她隱約知道，再也見不到爸爸了。

她難掩悲痛，但為了體弱的奶奶，她決定繼承爸爸的開朗，努力逗奶奶開心……從此她的童年也結束了。

「這件事後來還上了新聞，因為爸爸也算是個小有名氣的生物學者，所以引起了環保團體和各界的注意，村子裡還傳說，是守護蟹為了保護海岸，所以把爸爸當作祭品……之類的毫無根據的傳言，反正最後的結果是，開發公司受不了輿論的壓力，只好轉向開發鄰村的海岸，就是後來鄰村那間五星級的飯店……」

「啊……」聽到這裡，育典忍不住驚呼一聲。

「怎麼了？」

「沒……沒事……你繼續說……」

「那間飯店原本是要蓋在這裡，就在這個海岸上，原本的計畫，似乎是要把那邊的海岸整平。」阿黛伸手指向不遠處的懸崖。「然後再開一條柏油路直通飯店。」

育典回想起鄰村那座壯觀的飯店，的確也建在海岸邊，風景之美，讓她記憶猶新。

「根據爸爸和阿廣的預測，如果蓋了飯店，就會讓原本已經很緊繃的地下水用量大增，雖然鄰村現在看起來很繁華，但阿廣說，因為外地觀光客的增加，使的鄰村超抽地下水，隨時會地層下陷或海水倒灌。而且飯店用水大增，也使得鄰村的農地都缺水、荒廢了，村民只能到飯店工作……」

育典驚訝的看著一臉嚴肅的阿黛，這些聽起來殘酷的現實，她可從來沒聽過，在她的印象中，開發就是好事，代表能促進經濟繁榮，提高經濟效益……只要經濟富裕了，大家不就能過著幸福愉快的生活了？

「那……那不是很好嗎……有工作的話……」育典戰戰兢兢的問。

「人如果只是要活著，做什麼都可以，可是。」阿黛突然伸出手，輕輕的摸了摸育典的頭：「妳真的只是想『活著』而已嗎？」

育典撥開阿黛的手，為什麼她要感覺有壓迫感啊？

育典有點微怒的反駁：「這還用說嗎？當然不只是想要活著啊！還要活的好，活的富足，活的幸福快樂，住高級公寓，吃世界美食，過著所有人都羨慕的幸福生活！」

阿黛只是安靜的看著育典。

「然後呢？」

「什……什麼然後？」

「如果想要的東西都到手了，之後呢？」

「之後就是過著幸福快樂的生活啊！還有什麼然後？」

「妳現在不幸福嗎？」阿黛說：「吃不飽穿不暖嗎？」

「人就是要求進步！吃飽穿暖了，還要比其他人都要更高一等！賺更多錢！吃其他人吃不了的東西，去其他人到不了的地方，用別人買不起的東西，不然我念書要幹嘛？就是為了未來更有保障的生活，為了考上第一志願，得到高薪的工作，這樣！這樣……」

這樣媽媽才會誇獎我……其他人也才不會看不起我……

育典沒有把話說完，她不想讓阿黛知道，或許……自己其實只是想得到讚美而已……。

阿黛用清澈的眼神看著育典，等待著她。

「沒有然後了啦……怎麼講到這來了，後來咧？」

育典躲避著阿黛的注目。

「如果為求一個穩定的工作而同意開發，我們現在所看到的一切就都會消失。妳也沒辦法隨時都取得到水，妳可能要花更多的錢和時間，到其他地方買水喝。的確，可能有更多的錢買汽水了，可是汽水沒辦法解渴啊！」

「誰說一定要買汽水？我也可以買礦泉水啊！」

阿黛無言的看著育典，最後露出一抹苦笑。

「或許吧！如果還買得到乾淨的水的話。」

「什麼意思？」

阿黛沒回答育典，她轉移了話題。「小典，我爸就是那時候，為了守護蟹，為了守護海灣和村子，過世了。村子和海灣都保護了下來，可是，我爸卻沒有被保護下來。」

育典突然想起了還在自己背包中的那封牛皮紙袋，她又開始感到反胃想吐了。

「喔……所以……所以妳是繼承了妳爸的遺志，才反對開發的啊？」育典問。

「不是。」

「欸？」

原以為阿黛一定是個孝順的孩子，除了為奶奶變堅強以外，甚至年紀輕輕就決定繼承父志……。

但阿黛竟然爽快的否認了，讓育典不知所措的看著她。

「如果讓我選擇，我才不管海岸開不開發，我只希望爸爸能陪我長大。」阿黛語氣溫和，但說出來的話卻像利刃般。

「但是我沒有選擇權……其實這也是我爸教的，他說，如果別人說什麼就跟著做什麼，卻不自己思考為何而做，那就是盲從，即使用孝順或是守規矩、有道德來掩飾，依舊是盲從，如果不是以自己親身體驗過的經驗來做選擇，就都是假的，只是假裝自己是個好人而已……」阿黛老成地說。

她的犀利讓育典無從反駁，她不禁懊惱的想，怎麼老師沒有教過她辯論，只教她背答案、解公式？

「我無法選擇我爸是生是死，也無法要求他改變他的生活方式，我能選擇的，只是自己的人生而已。」

育典試著回想，自己曾經為人生做過選擇嗎？

回想起自己，從小到大，都是聽任媽媽的安排，順從媽媽和老師的期望，努力讀書，努力有效率，想辦法讓自己的未來能過著人人稱羨的幸福生活，她這樣做，算是自己選擇了自己的人生嗎？

想獲得讚賞，不算是一種選擇嗎？

「所以爸爸過世後，除了很難過，我完全沒想過要接手父業，做環保辦講座什麼的，我完全搞不懂。」阿黛有點無奈的說：「比起在海邊玩沙子，我更想要成為運動選手。」

看著阿黛抬頭挺胸的坐在岩石上的健美體型，育典不用花太多腦力，就能在心中描繪出她穿著釘鞋或短褲，在電視轉播的比賽上奪標的樣子。

「可是，阿廣來找我。」阿黛說：「他想繼續爸爸沒完成的工作，要我當他的導遊，我試著照以前爸爸做過的，幫他收集資料，帶他認識環境，不知不覺間，我繼承了爸爸的工作。然後，在帶著阿廣到處跑的時候，我才真的對爸爸堅持要推動的環保有了感觸。有一天，我帶阿廣到這片沙灘，阿廣告訴了我永續資源的概念，我第一次想到，雖然自己的夢想是成為運動選手，可是我該在哪裡跑步？如果有一天，我連乾淨的水都沒得喝了，我又怎麼有辦法繼續跑步？我可以每天跑，只要在有土地的地方，我就可以跑，不用到專業的跑道，我一樣可以跑步。可是沒有了水，我連在土地上奔跑都做不到，從那時起，我了解到，如果我無法保護生活的空間，讓我住的地方也能乾淨，總有一天，我會後悔。」

育典著迷的看著炯炯有神的阿黛。

「爸爸是為了自己的愛好而選擇環保的，他喜歡自然，喜歡生物，他不忍心生物被迫搬遷，所以才處心積慮想維護環境，爸爸還曾經偷偷跟我說過，其實他也希望村子能繁榮，只是他太捨不得優美的環境和動物了，所以才會堅持做環保……我是我爸的女兒，我也得要為了自己行動，如果我沒有想清楚，我是為了什麼而做，那麼我將困在永遠懷念我爸的悲傷中，無法活出屬於我的生命。」

「妳真堅強……」

「沒有啦……話是這麼說……可是……當爸爸剛過世的時候，我真的是好難過喔！」阿黛又回到了平常那講話豪邁的模樣，前一刻嚴肅的表情已消失無蹤。

「剛開始，我和奶奶每天都在哭，有一天，奶奶突然跟我說，想哭的時候，就試著感謝吧！感謝我們還擁有的。」

阿黛打開保溫瓶，將溫熱的茶水倒進了海裡。

「我還擁有爸爸教我的，活出自我的勇氣，敬爸爸。」阿黛輕聲說。

再過幾個小時，育典就要出發前去和舅舅見面了，但育典卻還猶豫著要不要把信封交給舅舅。

育典回到房間後，只覺得自己的腦中一片混亂，各種複雜矛盾的思緒占據了心頭。

她只好把自己關在房間裡，反覆的看著那皺巴巴的牛皮紙袋。

回想起那個滿月的晚上，阿黛滿懷敬意的將保溫瓶內的茶倒進海裡，透過月光照耀，茶水閃閃發亮著，一下子就被海浪吞噬了。

那晚，阿黛說了好多育典沒聽過，也聽不太懂的話。

回想起阿黛的友情和陪伴，她一再的思考著，開發了之後，真的大家都能得到好處嗎？以前老師說的，效率的提升真的是重要的嗎？對自己來說，真正重要的是什麼？

育典在床上翻來覆去，輾轉難眠。

這是她第一次開始思考，自己真正在乎的到底是什麼？可是她完全沒有頭緒。

如果什麼都不做，那是否日子就會照舊？

她已經養成早起幫忙的習慣，日子會和往常一樣，聽著外公用雷鳴般的大嗓門指引著她，外婆依舊一跛一跛的四處走，她依舊會騎著腳踏車幫外婆跑腿。

可是等她回到北部，外婆終究要花上半天的時間去買東西，而她也會回到補習班上課，但成績一定會下滑，完全失去競爭力，什麼都沒有改變，而且只會越變越糟。

可是，只要村子開發了，大家的生活都會變方便。

不是每個飯店都一樣會超抽地下水吧？

不是每個飯店都會破壞生態吧？

育典決定不想了，她像往常一樣準備出門，然後騎著腳踏車，再搭上飯店的接駁車，再次來到同樣華麗的大廳。

飯店繁華依舊，育典卻心情麻木，毫無享受美食的興致。

「妳把文件帶來了吧？」舅舅穿著白襯衫和西裝外套，依舊體面斯文的模樣。「接下來就交給我吧！其他事都準備好了，就差這個了。」

看著舅舅優雅知性的臉，雖然自己應該已經下定了決心，育典還是忍不住開口問：「舅舅，村子開發，真的好嗎？」育典猶豫的說：「外公和外婆好像都很喜歡現在的生活……」

「育典。」看出了育典的猶豫，舅舅有耐心的安撫她。「和外婆一起住了一段時間，那妳應該知道她的腳不好吧！」

育典點頭。

外婆因為行動不便，能去的地方不多，就算要去，也得花上大半天的時間。每日固定去的阿黛家，也必須比她們提早兩個小時出門，而她又堅持自已走，除非緊急情況，否則不會要求外公載她。

「如果村子能夠開發了，未來那裡就會像飯店這附近一樣，設立更多的公車班牌。」

的確，鄰村的公車班次多，就算育典沒搭上接駁車，也可以搭公車，不用花多少時間就能抵達了。

「而且，妳是妳媽媽的女兒吧！」舅舅精明的看著育典。「姐姐是個非常負責任的人，只要答應好的事，一定會完美的執行，我相信妳身為她的女兒，一定也知道怎樣做才是最好的，開發是必要的，否則如此貧瘠的土地，怎麼能夠創造富足的經濟？」

育典不知所措的盯著華美的桌巾。

「妳也希望外公外婆都能住在便利的房子，不用辛苦種田，過著想吃什麼就買什麼的生活吧？」

育典麻木的點頭。

「只要接受開發的條件，外公外婆就會得到一筆金額，他們就有錢可以蓋新房子，而且為了吸引觀光客，飯店和政府都會修建和拓寬馬路，也會有公車和接駁車。到時候，要買什麼都很方便，村子裡也會有二十四小時的便利商店，不需要再依靠轉角那間又破又舊的雜貨店，既衛生又可靠，妳也希望有便利商店吧？」

育典回想起村子轉角的那間雜貨店，到處都是灰塵，商品都不知道擺了多少年，如果不是因為外婆要她去買醬油，她絕對不會踏進一步。

「妳只要把文件給我，其他的交給我就行了。」舅舅露出完美的業務微笑，說：「放心，海岸開發雖然必定會改變風景，但利大於弊，剛開始或許會受到反彈，但只要開發完成了，享受到開發帶來的便利和富足後，自然就會被大家接受了。」

看著舅舅皮笑肉不笑的臉，育典腦中突然閃過阿黛說的那句話「只要能夠『生活』就好了嗎？」

但她趕緊搖搖頭，把阿黛的話趕出腦中。

舅舅提醒了她，她是媽媽的女兒，她得負責任，有效率的執行任務，就跟考試一樣，完美而快速的作答即可。

即使腦袋中有個細小的聲音在猶豫著，她仍不斷說服自己，只要大家獲得了開發的好處，之後也會感謝她的，而她也能得到保送資格，一舉數得。

「妳也不用擔心我請妳幫忙的事會被知道。」舅舅難得俏皮的眨眨眼，竟和梅子有幾分相似。「我會保密，妳只要準備好保送時的面試就好了。」

育典點頭。

交給舅舅就好了，舅舅是大人，他當然知道怎麼處理最適合。

育典拿出快要被捏爛的牛皮紙袋，謹慎的遞給舅舅。

九 破碎的蟹殼

交出文件後的幾天，育典都躲著阿黛和家人們，也不再早起幫忙做家事，奇怪的舉止讓李子和梅子都擔心起她來，反而更加關心她。

育典也不清楚自己為啥要躲著大家，她明明算是做了好事。

根據舅舅的說法，她可是推動了地方經濟發展的功臣啊！可是只要一想到阿黛在海岸說的話，就讓育典渾身焦躁，只好死命避開她。而李子和梅子的關心也讓她精疲力盡，兩老的關心方式尤其令人不敢恭維，李子硬是要找她聊天，但每次洪亮的嗓門都幾乎要震聾育典。而梅子仍然誤會了育典的喜好，每天準備了大量的醃製海帶芽，讓育典還沒上餐桌，就先反胃。

「怎麼辦呢？」

李子和梅子兩人眼見育典一直無精打采的樣子，決定換個方式幫她打氣。

李子翻遍了抽屜，總算找到那記有女兒連絡方式的便條紙，紙上潦草的寫了一個號碼，他們第一次主動撥電話給女兒。

那天晚上，時隔多個星期，育典終於又聽到了媽媽的聲音。

「媽媽！」育典驚喜不已的握著話筒，當她瞥到躲在一旁偷看的李子和梅子的微笑，她隱約猜到，一向忙碌的媽媽會突然來電，肯定是倆老的功勞。她對他們比了個ＹＡ的手勢，就專心抓著電話，向媽媽報告她獲得保送名額了。

果然，媽媽高興得不得了，劈里啪啦的說了許多之後要準備的工作，說要申請獎學金、海外遊學和交換學生啦……

聽著媽媽一如往常的在安排計畫，育典抓到媽媽喘氣的空檔，她猶豫再三，終於鼓起勇氣提問：「媽……媽媽……妳覺得，有效率真的很重要嗎？是不是其實效率不高也沒關係……」

「妳在說什麼啊？效率當然是最重要的，不然怎麼來得及念書賺錢？妳不要想些有的沒的，只要把書念好就好了，其他都是大人的事，和妳沒關係，有空想些有的沒的，還不如把還沒做熟的習題多做幾遍！」

「啊……哈哈……也是啦……」

雖然講沒幾分鐘就掛了，但育典的心情總算豁然開朗了起來，一掃連日的鬱悶，她幾乎是踩著輕飄飄的腳步回到房間，度過了一個安眠的夜晚。

她再次確信，自己的決定是對的，就像媽媽在電話中說的，她唯一要做的，就是把書念好。

可惜，她的好心情只維持了一個晚上而已。

過幾天放學，當育典跟著阿黛一起騎腳踏車回家時，經過海岸邊，她訝異的看到許多輛工程車與工人，旁邊還站了許多圍觀的村民與村長，當然，李子和梅子，還有依舊一派斯文的舅舅也在。

她們趕緊擠進人群中，想了解發生了什麼事。

舅舅手上拿著一張看似合約的公文，語調清晰且洪亮，振振有詞的向李子和梅子說明：「無論如何，我們手上有地主同意的公文。」

「我沒有同意過這件事！」李子以他一貫的雷吼反駁。「一定是偽造的！」

「李子，說不定是你老到忘了自己已經把地過繼給兒子了吧？」禿頭村長在一旁幫腔。

「我才沒有！」

育典心虛的想躲在人群中，卻硬是被緊張的阿黛一把抓住，跟著來到爭吵的中心。

「不管你說什麼，我們現在都要開工了。」

「只要我還有一口氣在，絕對不會讓你們破壞海岸！」梅子也扯開嗓門大聲威嚇，並一跛一跛的走到推土機面前，一屁股坐了下去。

「我也一樣！」看到老伴豁了出去，李子也趕緊坐在梅子身邊，緊挨著她，一副生死與共的凜然模樣。

「我也是！」阿黛趕緊拉著育典，也跟著坐到推土機前。

被阿黛硬拉著的育典，頭低的不能再低，渾身顫抖得縮在一旁，只想離阿黛他們越遠越好。她很擔心舅舅會食言，把她的事說出來。

「老李啊！」禿頭村長激動的跳到李子面前，試著曉以大義。「梅子啊！你們怎麼這麼自私，也不為村子想一想！」

只見兩老打定了主意，面對村長的指責，一副不為所動的模樣，村長只好轉向阿黛開火：「阿黛啊！妳也真是的，過去的事都過去了，妳這樣鬧，桃老師也不會回來，妳還要拖累整個村子喔？」

聽到村長的話，育典感覺身旁的阿黛一僵，抓著自己的手傳來了壓抑和憤怒，但依舊堅定的擋在推土機前，絲毫不為所動。

坐在推土機下的育典，瞪著眼前阻擋了自己大半視線的鋼鐵怪物，頓時覺得自己好像小蟲子一般，輕輕一輾就會魂飛魄散，她嚇得渾身冒冷汗，不知所措，也無法理解情況怎麼會變成這樣？

「不好了！阿黛！阿黛在哪？」

就在眾人僵持不下時，從人群中傳來了阿水的聲音。

他急切又激動的擠過人群，來到被人群包圍的正中心，推土機前的小小抗爭團面前。

阿水喘著氣，斷斷續續的說：「阿黛……快，快點到醫院去！妳奶奶聽到推土機開到海岸的消息……就昏倒了！」

阿黛猛然起身，飛奔出了人群，育典只看到她旋風般的背影，還是李子和梅子拉了還沒反應過來的育典，一同趕往醫院。

當他們匆忙趕到鄰鎮的醫院時，桃奶奶虛弱的躺在病床上，蒼白的模樣，硬生生讓育典有種心被緊緊扯住的感覺，阿黛更是嚇得手足無措，完全不見昔日沉穩有活力的氣魄。

她結結巴巴的問著醫生情況。「奶奶……奶奶怎麼了？」

醫生面無表情的說：「輕微中風，她身體本來就很虛弱，所以一激動，就發作了。」

「那治得好嗎？」

「現在要先住院觀察，而且患者現在還處於昏迷狀態，要先穩定她的情況……」

「桃子……什麼時候會醒來？」梅子也緊張的問，微小的聲音中透露著恐懼。

「這不一定，每個人的狀況不同，有的人可能馬上就醒了，但也有人要過一段時間……」

「怎麼會這樣……」

「都是我不好……如果我沒有把桃子留下，自己跑到海岸邊就好了……」看到最好的朋友虛弱的躺在病床上，梅子難掩悲痛的說。

「沒事的，梅子，奶奶福大命大，一定很快就會醒來了……」阿黛咬著牙，堅定的安慰著老友。

育典默默的退到最角落，希望自己消失不見。

阿黛和梅子決定留下來看顧桃子後，育典就先和李子一起回家了。

他們經過今天不得不撤退的海岸線時，那裡一如離開前，擠滿了工程車，而原先被他們擋下的那輛推土機，已經完成了它當日的任務。

遠遠看，海岸就像缺了一角，蟹殼的部分被打了一個大洞，空蕩蕩的，而突襲牠的怪物，還虎視眈眈的停在一旁，隨時準備在大肆破壞一番。

李子憤恨的握緊拳頭，卻又無可奈何。

「怎麼會這樣……」

「外公……」育典既愧疚又無言的看著李子。

少了梅子和桃子，還有阿黛的飯桌，無論是盤子還是座位都空蕩蕩的，育典和李子只熱了幾顆饅頭果腹，兩人都不太有食慾。

育典心想，即使發生了這樣的事情，但就像舅舅說的，那一定只是剛開始的時候，改變都是困難的，只要度過了開始的階段，等新的開發完成了，大家一定會感受到好處，桃奶奶也理所當然的會醒來，開心的在新的村子裡生活。

育典選擇無視自己胸中的苦悶，徒勞無功的安慰著自己。

但令人氣餒的消息還沒消化完，桃子也還沒從昏迷中甦醒，沒隔幾天，又傳出了村裡出事的消息。

村民們聚集在村裡的廣場前，以村長為首，要求工程的負責人李先生解釋。

「小李，這和我們之前說得不一樣啊！」禿頭村長難掩憤慨的心情，一臉激動的質問著。

「為什麼要村人搬遷？企劃不是說不會影響到大家的生活嘛？」

「原本預定的計畫就是這樣。」舅舅面無表情的說：「而且搬遷也給了你們超過原本土地市價的金額做補貼，對你們來說應該更划算吧？」

村人激動的爭辯著，卻不敵年輕負責人冷漠的口舌。

育典躲避人群，將爭執拋在腦後，獨自來到了醫院，她原本想要告訴阿黛村裡的事，但看到徹夜未眠，寸步不離的守著奶奶，一臉憔悴樣的朋友，她硬是將到嘴邊的壞消息吞了回去，提醒阿黛保重身體後就離開了。

她漫無目的的來到海岸線，看著畸零的海岸線，螃蟹的大螯已被折斷，蟹殼也破了一角，祭海廟雖然還未拆除，但因工地封鎖，已經無法靠近，只見原本狹小的廟，更是毫不起眼的被淹沒在塵土中。

育典困惑的看著眼前的景象，回想起幾天前，這邊還是他們聚會、跳舞和散步的地方。

「這是我造成得嗎？……我只是想要……讓大家都開心……然後得到媽媽的讚美而已啊……」

望著遭到支解而破碎的海岸，她感到後悔。

育典這才決定面對現實。

她選擇了符合經濟效益，自以為造福鄉里的行為，原來都是自己的幻想，沒有人會感謝她。

她想獲得讚賞、想展現自己有效率又負責、過上人人稱羨的幸福未來的選擇，只帶來了破壞與後悔。

十 再見守護者

育典無精打采的牽著腳踏車，走在前往鄉立圖書館的路上。

經過村子轉角那間小雜貨時，育典不經懷念了起來。

她知道，其實如果她不幫外婆跑腿，那外婆就必須花上兩倍，甚至三倍的時間，步行到雜貨店之後，再提著重物回家。

育典不只一次想過……如果有公車就好了……

但她也知道，其實外婆不介意走路，介意的是她自己，是她不願意看到外婆蹣跚的背影，那令她覺得既難堪又不忍。

自從壞消息傳開後，整個村子彷彿烏雲蔽日，每個人都一臉陰霾，連學校都死氣沉沉，老師和學生同樣無精打采。

而阿黛每天在醫院陪著昏迷的桃奶奶，李子試圖向公部門抗議卻毫無收穫，阿廣教授偏偏在這時候飛到國外去參加研討會，梅子和其他村民一樣，整日埋首打包，以淚洗面，育典只好每到假日就往圖書館跑。

這天也一樣，但當她在圖書館門口停好腳踏車時，一個意想不到的聲音卻從後頭叫住了她。

「育典？」

育典回頭一看，竟是許久未見的阿廣教授。

「老師！」育典驚喜的喊到：「你不是出國了嗎？」

「對啊！原本是這麼預定的。」阿廣說。

「原本？」

「一聽到村子的開發案通過的消息，我馬上就飛回來了。」

提起開發案，就提醒了育典她一直假裝忘記的事。

會發生這樣的事都是因為她的原故，她不禁愧疚的低下頭來。「對啊……如果開發案沒過就好了……海岸線就不會被挖成那樣……大家也不用搬家了……」

阿廣不明白育典低落的原因，只當她是因為海岸線被破壞而消沉。他說：「我這次回來，就是為了這個。」

「欸？」

「可能還有的補救喔！」阿廣露出溫暖的微笑說。

「怎麼補救？」育典一反平日冷默的模樣，激動的抓著阿廣的襯衫問道。

被育典的態度嚇到，阿廣趕緊扶正眼鏡，訝異的回答：「只是可能啦！別抱太大的期望……」

「老師！可能也沒關係！請讓我幫忙，無論如何，我都想阻止開發！」

阿廣意外的看著眼前一臉認真的育典，他不禁感慨的伸手摸了摸育典的頭。

「小典，比起第一次見面，妳現在的樣子有活力多了……反而是阿黛……她最近的狀態很令人擔心啊……」

「老師……阿黛……就交給我，我會想辦法說服她一起做的！」這是育典唯一想到，自己可以彌補的方式，自從看清現況後，育典第一次感到自己還有機會，她信誓旦旦的說：「我們一定要阻止海岸開發！」

聽了阿廣的方法，與教授道別後，育典馬不停蹄的踩著腳踏車，以她生平最快的速度，使盡吃奶的力氣飛奔到醫院。

桃奶奶一直處於昏迷的狀態，阿黛已無心關注海岸的生態，她固執的守在奶奶的床前，當育典看到她的時候，她就是那個樣子。

「阿黛。」

「啊！小典。」阿黛有氣無力的回到。

「這個，妳還沒吃晚餐吧！」育典連忙打開背包，從裡面掏出一個麵包。

「快吃吧！可以填一下肚子！」

阿黛有氣無力的接過，將麵包捧在手上，卻沒有打算開動。

育典只好坐到她身旁。

「奶奶還是一樣嗎？」

阿黛沉默的點頭，連日的守候，讓她明顯消瘦了一圈。

「我今天碰到阿廣了。」育典說。

「阿廣？」

「我跟妳一樣意外呢！他回來了，還說可能有辦法停止開發……」

育典期待的看著阿黛，但黝黑少女卻只是冷淡的點個頭，一副毫無興趣的模樣。

「喂！這不是妳最希望的嗎？可以停止開發耶！」育典困惑的問，好不容易找到可以彌補的辦法了，阿黛為什麼一副事不關己的模樣？

只見阿黛意興闌珊的趴在病床旁，無所謂的說：「那很好啊！」

「如果開發中止了，說不定奶奶就會醒來啊！」

「那也只是可能而已……」阿黛陰沉的說：「果然，我們的力量太渺小了，守護乾淨的水什麼的，怎麼可能做得到……而且，現在在終止開發有什麼用？海岸都已經被破壞了……」

「來得及！不做怎麼知道？」

「來不及了……說不定在那之前，海岸就被挖空了……」阿黛說：「而且如果我突然走掉，奶奶醒了或需要我，那怎麼辦？我不能丟下奶奶不管……」

「……」

阿黛的顧慮讓育典閉上了嘴巴。

的確，如果要執行阿廣的建議，那可能不只是花上一、兩天就能輕鬆完成的，或許就如阿黛所說的，在完成之前，海岸可能早就被掏空殆盡了。

育典落寞的說：「難得有了終止的方法……」

難得自己做了一次正確的選擇，抱著就算被發現了，被取消了保送名額，讓媽媽失望也想要做的事，一直以來可靠的阿黛卻無力支持自己。

阿黛憂鬱的說：「事已成定局，妳別管了……我要在這邊待到奶奶醒為止……。」

離開醫院後，育典打定了主意，即使只有她一個人，她也要想辦法找到阿廣口中的「救星」。

雖然阿廣說要先確定好資料再尋找，但聽了阿黛的想法，育典才意識到，她們一刻也不能浪費。

她獨自一人，按照阿廣說的來到海岸。

海岸的情況很糟，與先前相比，顯得更凌亂了。

趁著傍晚工人都收工了，育典偷偷跨過施工標誌，因為她笨拙的動作，還差點撞歪標誌，結果自己狠狠跌了一跤，她忍著膝蓋的疼痛，確定沒人注意到她後，努力往破碎的海岸線走去。

育典的目標和四年前的黛爸一樣，想讓海岸成為守護蟹的保育地。

當時黛爸還沒有找到守護蟹，就先出事失蹤了，也因此沒能讓開發公司放棄覬覦這片海岸，過了四年，還派了舅舅捲土重來。

回想外公外婆傷心焦急的模樣，還有病床上桃奶奶的睡臉，和阿黛毫無生氣的反應，更讓育典確定，如果這是她唯一能做的補償，即使拼上性命，她也要想辦法找到守護蟹還存在的證據。

她小心的沿著沙灘行走。

沙灘已被各種她喊都喊不出來，不知名的工程車停滿，有些上面裝滿了沙子，恐怕是要運到別處去，有些則裝載著巨大的吊桿或鑽頭，沙灘也東一塊西一塊，以某種詭異的規律留下挖掘的痕跡。

近距離看到熟悉的沙灘不復以往，育典感到眼眶有點濕潤，她吸了吸鼻水，如果是三個月前的她，一定沒料到自己會做出這麼魯莽的事。

不顧已到手的保送名額，不管媽媽可能會對她感到失望，也不管阿黛是否已放棄了，她竟然一心一意只想保護海岸。如果能讓她重新選擇，她一定不會幫舅舅做事。

她一邊小心的閃躲著工程車留下的巨大車痕，跳過從前沒有的鋼筋水泥，好不容易橫越了沙灘，來到岩礁區。

望著眼前，育典深吸一口氣，在腦中整理自己的計劃。

只要穿越半浸泡在海水中的岩礁，就可以抵達懸崖的下方。

阿廣曾在講座上說過，據說守護蟹喜歡在有月光的晚上出來活動，而且在月光的照耀下，會散發出淡藍色的光暈，雖然現在只是半月，但也不是沒有可能。

一直以來，阿黛都在岩石區活動，卻從來沒有看過守護蟹，但如果能爬上岩壁，或許機會會更大些。

她小心翼翼的踩著岩石，有些又濕又滑，她也不知自己哪來的勇氣，竟敢在晚上跑到海邊的岩礁來，可是她顧不了這麼多了，她一心只想找到守護蟹。

不知走了多久，月亮都跑到頭頂了，育典才緩慢的穿越岩礁，來到岩壁正下方。

黑壓壓的巨牆聳立在眼前。

育典心生膽怯，不知所措的站在原地，不知該往哪裡走。

才這麼想著，她突然看到斜上方岩壁的轉角似乎有藍色的反光，為了看得更清楚，她決定攀爬上岩壁。

她的腳勉強踩著粗糙的岩壁，整個身體貼著潮濕的岩壁，試著將自己往上拉。稍微提高了視線後，果然又看到了藍色閃光，她興奮得想往上爬一步，卻踩了個空，腳底一滑，摔下岩壁，撞上礁石，育典慌忙亂抓，勉強狼狽的掛在礁石上。但海浪的巨大拉力無情的將她往下扯，她的半身浸泡在冰冷的海水裡，她只覺得自己逐漸喪失力氣，眼見就要跌進海裡，一隻有力的手突然抓住了她。

育典艱難的抬頭一看，緊緊拉著她的手的，不是別人，正是阿黛。

「抓緊！」阿黛一臉痛苦、滿頭大汗的趴在礁石上吼著：「抓緊我，絕對不可以放手！聽到了沒有！」

「阿黛！我看到了，在懸崖側邊，就在裡面。」即使身陷險境，育典還是忍不住高興的向阿黛報告這個好消息。

「有藍色的光！那一定是守護蟹！」

「這個待會兒再說。」阿黛表情扭曲，咬牙切齒的說。她感覺自己的手彷佛要斷了一般的劇痛。

「阿廣！快來！在這！」

聞聲而來的教授，趕緊接手這岌岌可危的救援工作，和阿黛合力將育典從礁石邊拉了上來。

原來，育典離開醫院不久，桃奶奶就醒了。奶奶說，都是因為育典和阿黛講話的聲音，吵得她都睡不著。剛清醒的奶奶聽了阿黛的敘述，堅持要阿黛快點去找育典，免得發生四年前的遺憾。

阿黛原以為只是老人家過多的擔憂，但在路上碰到了阿廣，阿廣透露，根據調查，守護蟹很可能改變了生活型態，不住在沙灘，而改住在懸崖邊，這也是為什麼四年前，黛爸老是往礁石區跑的原因。

他們急忙來到海岸的工地，果然看到育典留在沙灘上的足跡，一直延伸到海岸盡頭的礁石區。

阿黛趕過去時，發現懸掛在岩壁上的育典，就在她眼前失足摔落，攀附在礁石上掙扎，還好在千鈞一髮之際，阿黛抓住了她。

「拜託妳不要再做這種事了。」

阿黛兩腿發軟，一屁股坐在礁石邊，滿頭大汗的抱怨道：「明明平常既膽小又安靜，怎麼一出事就這麼誇張？」

「嘿嘿……」育典不好意思的笑笑。

「我不是在誇獎妳！」阿黛沒好氣的說。

「好啦！」連絡完警察的阿廣，趕緊出聲打圓場：「反正沒事就好，而且啊！多虧了育典的莽撞，我們現在可以推測，守護蟹還住在這片海岸，也算幫學長了卻了一樁心願。」

「或許，爸爸就是為了確認守護蟹移居懸崖，才會失足掉進海裡……」阿黛鬱悶的說。

「阿黛……」

育典猶豫的伸出手，輕輕環抱著她，這是育典第一次主動接近阿黛。

明明是她有記憶以來，第一次和別人如此近距離親近，她卻依稀有股懷念的感覺。

那晚，在破碎的海岸邊，兩個女孩又濕又冷，渾身擦傷，無法自制的相擁而泣。

「所以，這片海岸現在是守護蟹的保育棲地。」在海岸工地，阿廣手裡拿著公文，態度自信的說：「請你們現在馬上恢復原樣，然後從此消失，別再想打這片海岸的主意了。」

育典在岩壁的視線死角處看到藍光的隔天，阿廣和李子就號召了許多有意願的村人，帶著完整的攀岩裝備，扎扎實實的調查了岩壁的所有洞穴，果然發現了數量稀少的守護蟹。

和阿黛一同站在教授旁的育典，表情驚訝的發現，舅舅完美的撲克臉竟然垮了下來。

他一臉錯愕的接過公文，瞪大了眼再三翻看，試圖找到公文瑕疵的痕跡。

看到工程負責人挫敗的表情，阿廣不禁得意的說：「這都要感謝小典，是她冒著生命危險，發現了懸崖下的守護蟹。」

聽到教授的讚美，育典不喜反憂，一臉窘樣的瞪著教授。

雖然她不期望自己能矇騙舅舅獲得保送，反正她已經不在乎考不考得上第一志願了。她擔心的是，如果被大家知道她和舅舅的交易，那其他人會如何責備她？

舅舅一臉錯愕的看著育典，後者心虛的撇開了臉。

舅舅冷漠的說：「育典，我本來以為妳是個聰明的孩子，怎麼會這麼傻呢？保送的事就當沒發生過吧！希望妳還沒有告訴姐姐這件事，她一向不喜歡預定的計畫被打亂。」

「保送？什麼意思？」聽到負責人莫名的發言，原本愉快的阿黛，歪著頭困惑的問。

但舅舅沒再理會阿黛，效率極高的他已轉身回工地，開始交代工人撤退事宜。

「沒有啦……」看到眾人投來的疑問眼神，育典從來不擅長說謊，她紅著臉，想隨便蒙混過去。

「為什麼妳舅舅要取消妳的保送資格？這和妳有什麼關……」阿黛腦中突然浮現了育典偶爾怪異的言行舉止，她詫異的問：「所以那個時候，我看到妳在廚房摸了那麼久，還拿著一個牛皮紙袋……是妳把土地權狀拿給妳舅舅，讓他通過開發案的，對嗎？」

「……我……」

「小典，妳們在說什麼啊？」跟不上進度的水果三老，代表其他村民發出同樣的困惑。

「李子，你沒有把土地過繼給兒子，是育典偷了土地權狀，讓她舅舅可以通過開發案的。」阿黛一臉沉重的講完。

水果三老露出錯愕的表情。

一旁的村民紛紛憤慨不已。

「所以妳為了自己的利益，把村子賣掉喔？」

「為了保送的名額，妳竟然出賣海岸！」

聽見村民如此直接的指責育典，將所有責任推到她身上，阿黛注意到育典滿臉蒼白，渾身顫抖，一副想馬上找個地洞鑽的模樣。

她回想育典在岩壁冒險的樣子，決定原諒育典。

她站到育典前面，將她和刻薄的村民隔開。

「你們有什麼資格說小典？如果不是因為開發和你們想的不一樣，你們根本不在乎海岸會怎樣！你們還會感謝小典，幫你們實現開發的妄想咧！你們這些牆頭草！」

「阿黛……」

被阿黛痛批的村民有些慚愧的低下了頭，有些依舊憤恨不平的碎念著被騙了之類的話語。

「阿黛說的對。」第一個出聲附和的竟然是阿水，大家都意外的看著他。

「一直以來，努力重視這片海岸的，就只有阿黛和水果老，如果不是她堅持辦講座，我們根本不管海岸會怎樣，我覺得除了阿黛、桃子、李子和梅子，沒有人有資格責備育典。」

「外公、外婆……」

育典充滿愧疚的看著總是鼓勵著自己的兩老。

李子一臉沉痛的看著育典，梅子則靠在桃子肩上哭泣，還發出巨大的鼻涕聲。

育典慚愧的低下頭，她從來不知道，原來背叛了重要的人，自己的胸口也會痛。

育典的責難還沒結束，一波未平，一波又起。

「育典，姊姊找妳。」舅舅不愧是企業尖兵，效率驚人。

育典戰戰兢兢的接過電話，準備迎接媽媽的責備。

「喂！媽媽……我不……可是……不是那樣……可是我……」育典根本沒機會道歉和辯解，電話那頭就斷線了，只留下育典傻傻的盯著電話看。

望著還在為她向眾人辯護的阿黛，還有等著她解釋的外公外婆，育典不知該如何啟齒。

媽媽和舅舅果然同是企業尖兵、效率達人，她聽到育典保送名額取消的消息後，以驚人的速度重新做了規劃和執行，竟已幫育典在北部找好新的寄居處，並命令她馬上搬過去。

十一
最美的風景

育典傷心的看著腳邊的行李和箱子。

離開海岸後，李子依舊不和育典說話，梅子則冷淡但溫和的對她。

她原本東西就不多，大部分的書和生活用品都是用貨運寄送。

而除了這些東西，鄉下生活原本就簡單，即使住了一陣子，她也沒有多餘的行李。

令她困惑的是，要怎麼把這幾個月的經歷和回憶也折疊整齊，像放參考書那樣輕鬆收納帶走？

又要怎麼做，才能收拾好自己和外公外婆破碎的關係，不帶走遺憾？

時間差不多了，再怎樣困惑還是得去搭車。

育典有氣無力的拖著隨身行李來到客廳。

梅子一如往常，坐在那刺繡，一看到育典，梅子放下手中的工作，表情嚴肅，招手示意她過去。

育典怯生生的走了過去。

「小典，妳待會就要去坐車了……我想了很久……有件事我要問清楚。」

梅子坐在客廳的老位置上，一反連日的冷淡，溫和的問：「妳為什麼會想要幫妳舅舅，讓開發案通過？只是想要保送名額嗎？」

育典以為外婆會臭罵她一頓，沒想到她卻問了一件自己也沒有很確定的事。

「我……我以為開發案通過後，大家都會有更好的生活，也會過得很方便，外婆妳……妳也不用老是要花很多時間去買東西……桃奶奶也可以方便看醫生……」

育典忐忑的偷覷著梅子的表情。

梅子一臉認真的聽著，然後突然伸手給了育典一個典型的梅子式擁抱。

被梅子擁抱時，育典聞到了梅子身上一直有的海水味。

「原來是這樣……小典，妳真貼心，謝謝妳。」

梅子的感謝反而讓育典愧疚不已，她一陣哽咽，開始劈里啪啦的說出了先前壓抑在心底的小聲音，那些她明明知道，卻為了自己的方便，一再漠視的心情。

「不是的，我只是在找藉口而已，我也知道偷東西不好，明明你們都說了不需要開發，這樣的生活很好，我卻還把自以為好的東西硬加在你們身上，還

說是為了你們好，為了大家好……我只是想為自己的好處找個好聽的藉口而已……對不起……對不起……」

育典依偎在梅子身上，一股腦的說出了自己的真心話。

「而且，我也只想到自己，我是為了得到保送才……因為我真的考不上第一志願，念書好痛苦……可是如果不考到好學校，就會辜負媽媽的期待，我唯一能做的，就是想辦法擠進去……就算用騙的也沒關係……」

梅子露出悲哀的表情，她摟著育典，安撫著說：「妳不用再勉強了，妳的生命只屬於妳，不需要為任何人而活，也不用為了任何人考試，妳只需要為自己而活就好了。」

「……可是媽媽辛苦賺錢養我，我如果連考個好學校都做不到，要怎麼感謝媽媽的付出？老師都叫我們要感謝父母……那我不就很不孝順……」

梅子在育典耳邊輕輕說著：「感恩要發自內心，如果是被逼的，那就毫無意義了。妳媽從小就是個很獨立的小孩，或許因為聰明的關係，她看不起所有比她差的人，最後也離開了這個她認為毫無文化的小村子。如果我們逼著她留下來，她或許會怨恨我們。即使勉強她參加祭典，就算是為了感恩而做的儀式，沒有真心，就沒有意義……在感謝之前，要先做自己。」

「我不知道我想做什麼……」

「沒關係的，慢慢來，沒有人可以一步登天的，慢慢找吧！什麼都試著做做看，這是妳的人生，妳可以慢慢玩的，慢慢來，找到自己的步調，想快的時候再快就好了。」

育典哭著輕點了頭。

梅子沒有再說什麼，她輕輕的哼起了童謠，嗓音沙啞低沉，沒有責備，沒有追問。

或許過了幾十分鐘，李子抱著大把青菜走了進來，一進門就看到吸著鼻水的育典和抱著她的梅子。

李子皺著眉頭，用鼻子發表意見：「哼！」

叮鈴鈴，門口響起了腳踏車的鈴聲，阿黛中氣十足的在門口喊著：「你們怎麼還在家裡，走啊！今天要重建祭海廟耶！還有阿廣的保育課，報名的人是之前的五倍耶！」

阿黛說得眉飛色舞，最主要是因為她上次大發飆，保育課才終於被重視，甚至由禿頭村長大力贊助，再加上阿廣教授決定辭掉海外聘僱，專心在大學裡培養本土的保育人才。

「我……」看著阿黛喜悅的臉，育典一直不敢說自己就要回北部的事，此刻更是說不出口。

李子大聲的接著幫她把話說完。「這小鬼等一下就要回北部了啦！妳看。」李子比了比育典腳邊的行李箱。「行裡都打包好了。」

「回去？」

阿黛睜著又圓又大的眼睛，表情困惑的問：「學期還沒結束，怎麼突然要會去？那什麼時後回來？」

「大概……不會回來了……」育典不敢看阿黛，她低著頭，用細如飛蚊般的聲音，怯生生的說。

「欸？」

「我媽說，我沒有拿到保送名額，加上舅舅好像有跟她說，我在這邊做的事情。」育典決定一吐為快，她說：「所以她覺得我在這都在浪費時間，還是快點回北部補習，追上進度，她已經幫我安排好住宿了，這次要住在……」

「是喔……」

育典還沒說完，就被阿黛用故意拖長的尾音酸溜溜的打斷：「妳還要聽妳媽的安排到什麼時候啊？」

「妳說……什麼？」

育典沒聽出阿黛語中的諷刺，她納悶的說：「聽媽媽的話是理所當然的啊……」

阿黛翻了個白眼。「那妳媽有聽妳說過，妳的想法嗎？」

「我……我的想法？」育典不敢面對阿黛率直的目光。「我……我不知道……」

先前將地契交給舅舅時，那種困惑的感覺又回來了。

育典覺得只要聽媽媽的安排，一切都會過得很順利，而且做得好的話，媽媽還會獎勵她，哪需要有什麼自己的想法？甚至根本沒有意識過，哪些是自己的想法，哪些是為了迎合媽媽的期望？即使這次她毅然決定放棄保送，但她果然受到懲罰，這不就馬上要離開海岸了？她還怎麼敢再違背媽媽？

「妳可是才剛完成了一件轟轟烈烈的大事耶！」

阿黛語氣誇張的說：「妳竟然不打算留下來繼續，妳一點都不想保護海岸嗎？」

「繼……繼續……？」

育典從沒想過這種可能性，自己成為保護海岸的一員什麼的，聽起來太天方夜譚了。

「妳不想嗎？」

「我……我不知道……」

「如果連妳都不知道妳自己的想法，那還有誰會知道？」

「可是……」

「妳真的想回去過那種每天考試的生活嗎？」

「我……」育典沉默的看著腳邊的行李箱，

看到育典猶豫不決的模樣，阿黛無奈的聳聳肩：「隨便妳囉！反正這也是只有妳才能做的選擇。我還要幫阿廣備課，梅子，上車，我載妳去！」

「唉呦！這麼乖，啊妳奶奶咧？」梅子笑得合不攏嘴的問。

「剛剛阿廣開車載她，已經先過去啦！」

「那就好，本來還打算晚點要李子載我們的，這樣剛剛好！」梅子與高采烈的跨上阿黛那破爛的腳踏車，只來得及回頭和育典揮了揮手，就被阿黛迅速帶走了。

面對突然的離別，育典呆呆的望著空無一人的院子大門，不禁感到胸口一緊，有股悶悶的感覺。

「妳在發什麼呆？快上車！我也得快點趕去上課，沒時間陪妳這吃裡扒外的小鬼！」

李子如雷般的吼聲震醒了發呆的育典，育典轉頭一看，只見外公已坐在老金旺上，發動好車子，連行李都已經安穩的綁在後座，就等育典上車。

「喔……」

育典手腳俐落的爬上金旺後座，雙手牢牢的抓著外公陳舊的汗衫，等她一坐穩，李子就出發了。

這應該是自己最後一次坐外公的機車了，沿著熟悉的海岸前行，育典邊吹著海風，邊感傷的想著。

回想起自己剛到此地時，發生了許多生命中的第一次。

第一次坐機車後座，第一次學會騎腳踏車，第一次在夜晚的海邊散步，第一次擁抱，第一次吃大鍋菜，還有第一次在漆黑的夜晚攀爬岩壁。

逐漸接近的火車站打斷了育典的回憶。

李子一如往常，以媲美越野車選手的技術，帥氣甩尾進了車站。

沒有剪票口的月台也如幾個月前，育典初次出站時一般空蕩，接近中午的閒散時光，只有住在車站附近的小黃狗在殷勤的巡視地盤。

育典下了車，看李子動作迅速的將自己的行李卸下。

「好啦……其實我也知道，沒有人不會做錯事……」

一直以來沒給育典好臉色的李子，突然溫和的說：「……反正妳好好保重……」

育典意外的抬頭看著固執的外公，但李子已經回復到原本的臭臉。

「快滾！臭小鬼！如果妳還想來這邊搗蛋，要我教妳怎麼施肥也不是不行啦！」

育典不禁露出微笑。

她拖著行李箱走進月台，回頭想再和李子揮手道別時，李子已經動作俐落的騎車離開。

車站前沒有半個人影，只有小黃狗在躺在地上打盹。

火車進站，車門開啟，育典的微笑消失，她鬱悶的踏上火車。

祭海廟前，幾乎所有的村民都到齊了。雖然是人口外移嚴重的小村莊，但將近百人聚集在小小的廟前，還是頗為壯觀的。

年輕人如阿黛、阿水，自動自發負擔起搬運建材的工作，而年老不便的梅子和桃子，則俐落的在一旁烹煮大鍋菜，準備午餐。阿廣和禿頭村長則搬來了長桌和白板，熱烈的討論著下午的講課細節。

在眾人忙碌的時刻，遠處，有個嬌小的人影正沿著海岸，向他們走來。她的長髮隨風飄動，她顯然很惱怒的不斷撥開擋住視線的頭髮；炙熱的太陽使她揮汗如雨，她得不時揮手搧風，並在經過樹蔭時，停留上特別久的時光。

當人影總算走近群眾後，她將徒步的疲勞一股腦的發洩出來。

「所以說，為什麼你們都不辦手機啊！」育典揮汗如雨，狼狽的拖著行李抱怨道。

包括阿黛在內的村民一臉詫異的望著育典。

「妳怎麼還沒走？」村長代表驚訝的村民發言。

雖然對育典還有怨言，但礙於阿黛正怒視著他，村長乾脆選擇保持沉默，回頭埋首講義。

「妳一路從車站走過來？」阿黛不可置信的問。

「不然怎麼辦？又沒有公車，也沒有計程車，而且還沒有人有手機！」

「妳不早說，我就把手機給妳。」搞不清楚狀況的阿廣笑嘻嘻的說：「不過小典怎麼會拖著行李箱呢？」

「因為她要回北部了。」

「這麼急啊？連聲招呼都沒打？」

「對啊！人家是母命難違啊！」阿黛說著風涼話。

「我……我這不是回來了……」育典委屈的說：「我沒上火車，也沒跟媽媽講，因為……我……」

「怎樣？」

「我也想幫忙重建祭海廟，還有上阿廣的課啊……」育典彆扭的說。

「那有什麼問題，快點來……」阿廣熱情的揮著手說。

「歡迎歸隊！」阿黛豪邁的說。

李子一言不發的走過來，接過育典的行李，梅子則親切的拉著育典的手，將切菜的菜刀遞給她，村民看到水果三老和阿黛的態度，好不容易平息了育典掀起的小騷動。

不久又來了一個不速之客，不過這位客人很聰明，不像傻呼呼的育典走著過來，他是開車來的。

大夥好奇的暫停了手邊的工作，看著從高級轎車上下來的人影。

李先生像平常般優雅知性，一襲西裝筆挺。

「你又來幹什麼？」既然來者是黑心企業的代表，村長覺得自己這下可以大聲了吧？他毫不客氣的怒斥著小李。

李先生絲毫不理會他的挑釁，轉向阿廣，語氣誠懇的說：「教授，我們公司還有其他開發案在進行，其中包括山坡地運用和濕地填平，我們公司希望僱用您為開發的環境評估背書，您是環保權威，有了您的背書，開發案一定能快速通過。」

「你這笨兒子，怎麼還不死心？」李子看不下去，怒聲吼著：「只知道開發和利益，你的人生不就白活了嗎？」

「謝謝你，李先生，但我沒興趣幫財團做事。」阿廣擋住衝動的李子，客氣的拒絕了。

「你也可以看過企劃書後再決定。」李先生從容的說：「待遇優渥，我再跟你聯絡。」

一旁的村民甲不禁唏噓的說：「李子，你實在真可憐，居然養出這麼勢利的兒子！」

「哼！老子是老子，死小鬼是死小鬼！我們道不同不相為謀！」李子用鼻子表達他的不屑。

「還好，我們回頭是岸，沒有一錯再錯……」上了幾次環保課，自以為懂點皮毛的村民乙說。

「等到祭海廟建好，我們就先來個落成祭吧！」

「喔！」眾村民熱烈的歡呼著，期待著久未舉行的傳統祭典。

李子和梅子也加入了臨時跳起舞的村民行列，跳起奇異的螃蟹舞。

李先生漠然的看著眼前興奮的村民，他實在不知道這有什麼好感動的？對他而言，這次的開發案就跟他經手的大部分企劃一樣，只是為了提高自己的業績和評價，利用育典也是完成工作的方法之一，商人無國籍，手段不重要，重要的是結果，難得這次工作算是主場作戰，可惜村民都不買帳……。

他遺憾的看著海岸，在這國際化的時代，這些古板又傳統的人遲早會被淘汰，卻不懂得抓緊眼前的機會……真是可惜。

他轉身準備離去，還有下一個企劃在等他執行，他沒有時間浪費。

「舅舅！」育典突然開口喊住了轉身離開的李先生。

李先生有點意外的回頭看著和幾個月前相比，明顯有許多改變的外甥女。

「舅舅，改天，我們還可以一起喝下午茶嗎？」育典鼓起勇氣問到。

「育典，妳在說什麼啊！」阿黛憤恨的看著曾經拿著工程書威脅他們的男子。

「舅舅是企劃的專業人才，我們想要推動環保，有他幫助，一定可以事半功倍！」

李先生看著育典，竟從外甥女的表情裡看到了許久未見的姊姊影子。一段記憶突然跳進腦中，那是才小學的他和姊姊兩人手牽手，一起沿著海岸回家的身影。

看到育典一臉認真的模樣，李先生難得露出了率直的笑容，他眨了眨眼，表情與梅子如出一轍。

「那要看你們提出的企劃有沒有開發的價值了。」

育典看著阿廣，後者對她點點頭，鼓勵她說出先前討論過的可能性。

「我們的企劃是以環保為重，注重永續經營，結合生態復育和教育推廣的鄉間 LONG STAY。」

「我拭目以待。」李先生優雅一笑，轉身離開。

看著走遠的舅舅，育典踏著毫不猶豫的腳步，回頭加入了跳舞的人們。

十二
延續最初的約定……

皮膚白皙，漆黑的長髮飄逸在肩頭的瘦弱少女，與前年相比，長高了不少，只是扁平的身材依舊。

拖著行李箱，她才走出月台，皮膚黝黑的少女已等在那裡。

黝黑的少女也長高了，身形越發健美，加上勤於運動，裸露在外的手臂與小腿肌肉線條更明顯了。

「幾個月不見，妳怎麼看起來只長了肌肉啊？」育典高興的對好友說。

「也有長腦袋啊！只是妳沒眼光。」阿黛說：「上次妳來……應該是奶奶的告別式那時吧！」

桃奶奶在祭海廟重建後不久，就過世了。

阿黛從此寄居在梅子家。

「嗯！妳這破車有辦法載我和行李嗎？」育典睥睨的看著阿黛依舊破舊的腳踏車，質疑的問。

「哈哈！沒辦法！」阿黛不負責任的說：「所以妳先把行李寄放在這，李子說他忙完了，會順便過來把妳載回去。」

「外公在忙啥？」

「他現在可忙了，每天都要到鄰縣上課，學電腦和英文。」阿黛一臉佩服的說：「他說學了電腦，才可以直接和國外的環保團體交流，就不用老是靠阿廣，畢竟阿廣一個星期只來一次嘛！」

沒想到自己的外公如此先進，育典感到與有榮焉。「那就拜託妳載我啦！」

「沒問題！上車！」

聽到阿黛那熟悉的口頭禪，育典露出放心的微笑。

育典現在是某國立高中一年級的新生，因為沒考上第一志願，媽媽到現在還在跟她冷戰。

但她已經不再勉強自己違背心意，滿足媽媽的要求，她學會充耳不聞，反正如果努力過後，還是做不到的話，就表示自己可能也沒那麼想做吧！而且她還曾因此做了錯誤的選擇，傷害了重要的人……。

人生苦短，而且這是她的人生，不是媽媽的，她何必和自己過不去呢？

而以前的補習班好友在知道了她只考上第三志願，還固定跑到鄉下撿垃圾時，就不再和她聯絡了，但令育典意外的是，自己完全不在乎。

阿黛和其他同學一樣，順利考上鄰村高中，整班同學完全沒變，也因此，他們乾脆在班上組了環保防衛隊，阿黛當隊長，阿水是副隊長，定期上課和舉辦環保活動。

她們沿著海岸來到沙灘，沙灘經過多次整理，雖然無法恢復原貌，但已經回復到以前整潔的樣貌。

兩個女孩並肩坐在沙灘，一如往常親密的閒聊著。

「難得妳放假了，今晚梅子說要煮妳最喜歡的菜，妳猜是什麼？」

「唉……海帶芽……嗎？」

「對啊！妳不想吃？」

「唉……其實沒有很喜歡啦……」育典皺著眉頭，心想今晚肯定要解開誤會，不然她餘生都要和海帶芽相伴。

「是喔！」阿黛不以為然的說：「那妳直說就好了嘛！想吃什麼就跟梅子說啊！妳都不說，她只好自己亂猜啊！」

「也是啦……」育典同意的說：「可是為什麼我這麼討厭海帶芽呢？」

「那個啊……」

令人意外的是，阿黛好像知情，她不好意思的說：「妳看。」她從背包中遞出一張泛黃的照片給育典。

育典驚訝的發現，照片中有兩個三歲左右的小女孩，其中比較黑的那個，正用手抓著醋酸海帶芽，硬往比較瘦小白皙的女孩嘴裡塞。

白女孩哭得眼淚、鼻水和口水都沾滿了兩個人的手，但黑女孩卻露出勝利的微笑，還對著鏡頭比ＹＡ。

「我在整理奶奶寶物盒時發現的……」

阿黛靦腆的說：「其實我也是看了照片才想起來，小時候剛跟著爸爸搬回來的時候，我好像有個很要好的玩伴，我問了梅子才確定，原來就是妳啊！」

看著露出爽朗笑容的阿黛，育典拿著照片的手顫抖著：「原來是妳……所以我才會這麼排斥醃製海帶芽的……」

「抱歉啦！」阿黛爽快的說。

看見阿黛燦爛的笑臉，育典也氣不起來了，她像洩了氣的皮球說：「那起碼妳要幫我跟外婆解釋……」

「包在我身上！」

育典再次仔細看著那泛黃的照片，難怪她一直覺得「守護者」很耳熟，因為當她還是小孩時，她就已經聽過守護者的名聲了。

「那妳還記得，在那時候，我們兩個做過一個約定嗎？」

育典有點害羞的問。

「妳說那個，我們兩個要像守護蟹一樣，永遠做海岸守護者的約定嗎？」

「哇！」育典羞紅了臉：「聽妳這樣說，感覺好糗啊！」

「怎麼會？我覺得很帥氣啊！」

「不要把我和腦袋裡都是肌肉的妳相提並論，我可是很纖細的！」

「既然很纖細，有這麼夢幻的約定不是滿酷的嗎？」阿黛不以為然的說。

「無論過多久，我都打算堅持守護海岸的生態平衡，妳呢？」

「……」

被阿黛誠懇的眼神盯得渾身不自在，育典清了清喉嚨，小聲的說：「既然記起來了，我也打算遵守約定，成為海岸的守護者……」

阿黛對靦腆的童年好友露出無比燦爛的微笑。

在夕陽映照的海邊，兩個女孩延續從小的約定，並肩踩著海水，在沙灘上留下方向一致的足跡，向回家的方向走去。

培育文化

勵志學堂 56

都市少女的海岸歷險記

作者　岑文晴

責任編輯　王惠蘭

美術編輯　林嘎嘎

封面/插畫設計師　林嘎嘎

出版者　培育文化事業有限公司

信箱　yungjiuh@ms45.hinet.net

地址　新北市汐止區大同路3段194號9樓之1

電話　（02）8647-3663

傳真　（02）8674-3660

劃撥帳號　18669219

CVS代理　美璟文化有限公司

TEL／(02)27239968

FAX／(02)27239668

總經銷：永續圖書有限公司

永續圖書線上購物網

www.foreverbooks.com.tw

法律顧問　方圓法律事務所　涂成樞律師

出版日期　2015年10月

國家圖書館出版品預行編目資料

都市少女的海岸歷險記 / 岑文晴著. -- 初版.

-- 新北市 : 培育文化, 民104.10

面 ;　公分. -- (勵志學堂 ; 56)

ISBN 978-986-5862-65-7(平裝)

859.6　104015701

※為保障您的權益，每一項資料請務必確實填寫，謝謝！

姓名		性別	□男 □女
生日	年 月 日	年齡	
住宅地址	郵遞區號□□□		
行動電話		E-mail	

學歷

□國小 □國中 □高中、高職 □專科、大學以上 □其他＿＿＿＿

職業

□學生 □軍 □公 □教 □工 □商 □金融業
□資訊業 □服務業 □傳播業 □出版業 □自由業 □其他＿＿＿＿

謝謝您購買 都市少女的海岸歷險記 與我們一起分享讀完本書後的心得。務必留下您的基本資料及電子信箱，使用我們準備的免郵回函寄回，我們每月將抽出一百名回函讀者，寄出精美禮物以及享有生日當月購書優惠！想知道更多更即時的消息，歡迎加入"永續圖書粉絲團"

您也可以使用以下傳真電話或是掃描圖檔寄回本公司電子信箱，謝謝！

傳真電話：（02）8647-3660　　電子信箱：yungjiuh@ms45.hinet.net

●請針對下列各項目為本書打分數，由高至低5～1分。

	5 4 3 2 1		5 4 3 2 1
1.內容題材	□□□□□	2.編排設計	□□□□□
3.封面設計	□□□□□	4.文字品質	□□□□□
5.圖片品質	□□□□□	6.裝訂印刷	□□□□□

●您購買此書的地點及店名＿＿＿＿＿＿＿＿

●您為何會購買本書？

□被文案吸引 □喜歡封面設計 □親友推薦 □喜歡作者
□網站介紹 □其他＿＿＿＿＿＿＿＿

●您認為什麼因素會影響您購買書籍的慾望？

□價格，並且合理定價是＿＿＿＿ □內容文字有足夠吸引力
□作者的知名度 □是否為暢銷書籍 □封面設計、插、漫畫

●請寫下您對編輯部的期望及建議：

★請沿此線剪下傳真、掃描或寄回，謝謝您寶貴的建議！

廣 告 回 信
基隆郵局登記證
基隆廣字第200132號

221-03

新北市汐止區大同路三段194號9樓之1

傳真電話：（02）8647-3660
E-mail：yungjiuh@ms45.hinet.net

培育
文化事業有限公司

讀者專用回函

都市少女的海岸歷險記

培養文化育智心靈的好選擇